超人高校生たちは異世界でも余裕で生き抜くようです！
10

「それはいけませんわねぇ」
ヒールを鳴らしながら、
石造りの階段を白衣の美女が
降りてきた。

神崎桂音
超人医師

大星林檎
超人発明家
「これからの時代は金じゃねぇ！
ラブ＆ピースだぜっ！」
真田勝人
超人実業家

「さあクマウサ。こっちにおいで。
スクラップにしてあげる」

『ようこそいらっしゃいませ！』

リルルと忍を先頭にした
見目麗しいコンパニオンたちが、
にこやかに帝国の民衆を歓迎する。

CONTENTS

PRESENTED BY
MISORA RIKU
ILLUST.
SAKURANEKO

超人高校生たちは異世界でも余裕で生き抜くようです！

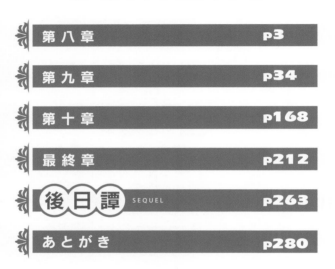

超人高校生たちは異世界でも余裕で生き抜くようです！ 10

海空りく

GA文庫

カバー・口絵・本文イラスト
さくらねこ

第八章

CHAPTER 8

超人王リンドヴルム

富濃《とみの》盆地での決戦。

リルルに皇帝の剣が振り下ろされんとする刹那《せつな》。

御子神司《みこがみつかさ》は皇帝の突撃で歪《ゆが》んだ銃を手放し、ある改造を林檎《りんご》に頼んだこの世界の燧石《すいせき》銃を懐《ふところ》から取り出した。

そして、自分とリルルの間を遮《さえぎ》るよう隆起させた岩の壁に座る《黄の元帥》ルター・ウル・ファフニールに銃口を向け、

「アハッ！　そんなボロッちぃ銃でこのボクをどうにかできるとでも——」

言葉を聞く間も惜しんで引き金を引いた。

撃ち出された丸い弾丸。

ルターはこれを何かしらの魔術で遮らんと手をかざす。

が、弾丸は止まることなく、ルターの胸元《むなもと》に吸い込まれた。

「──ぁ？」

ルターは弾丸が自らの魔術をすり抜けたことに驚き、目を丸くする。

この世界の古臭い銃の弾丸が魔術をくぐりぬけるなんて、ありえることではない。

より強い魔術でなければ、そんなことは──

と考えて、ルターの脳裏《のうり》に一つの可能性が浮かぶ。

「あぁあぁあああ⁉⁉　まさ、まさかこれって、《御父上》のォォォッ⁉⁉」

絶叫。

自分の身体に撃ち込まれたモノに気付き、血相を変えて弾丸を掻《か》き出《だ》そうとするも、時すでに遅し。

ルターは目の前に居る男を侮《あなど》っていた。

万能でないが故に、万事に対する応手《おうしゅ》を用意する司の周到さを。

彼が燧石銃に込めていた弾。それは──ルターたち《人造人間》を作り出した《邪悪な竜》、その肉片や血液が凝固した鉱石状の物質《賢者の石》を加工したものだ。

司は《人造人間》の一人、ユグドラからこの《賢者の石》の、周囲の細胞を強制的に進化させ、破壊してしまう特性を聞いたときから、対ネウロ用の武器として使うことを考えていた。

ネウロが今日までこの石を自らに用いていないことを考えれば、彼らが進化に耐えられる可能性は低いと踏んだからだ。

もちろん悪い目を引いてしまう危険なカードではある。だがいよいよ追い詰められたときには、状況を一撃でひっくり返せるかもしれないカードになりえる。

用意しておいて損にはならない。

そして、司はこの賭《か》けに勝った。

程なくルターの皮膚を突き破り黒い結晶体がいたるところから隆起して、

「ぴぎゃあぁあ〜〜〜っっっ!!」

その急速な進化に耐えられなかったルターの肉体を、血まみれのヤマアラシに変えた。

そんなルターから司はすぐに視線を切って、

「リルル君ッッ!!」

叫びながら自前のオートマチック拳銃に持ち替え、今まさにリルルを斬《き》り殺さんと剣を振り下ろす皇帝と、彼の跨《また》がる軍馬に銃弾を叩きこむ。

皇帝に撃ち放った弾丸はすべて鎧《よろい》ではじかれるも、軍馬の方には三発命中。

血が飛散。皇帝とその手にした大剣を濡《ぬ》らす。

「ぬぅ⁉」

痛みに平静を失い暴《あば》れる軍馬。

これに跨る皇帝も当然大きく体勢を崩す。

剣筋がリルルから僅《わず》かに逸れた。

だが、

「あうっ」

いったいどれほどの膂力《りょりょく》が込められていたのだろうか。

体勢を崩し地面を打ち叩《たた》いた皇帝の大剣は、まるでダイナマイトによる発破《はっぱ》のような威力で大地を抉《えぐ》り飛ばす。

間近にいたリルルも当然無事では済まない。

おそらくはリルルも自分を魔法で守っていたのだろうが、それでも防ぎきることは叶《かな》わず、爆風で吹き飛ばされて地面に倒れる。

気を失ったのか、起き上がってはこない。

だが遠目から見る限り外傷は負っていない。

少なくとも、死に至るような傷は。

そして司の反撃を機に、あちこちで状況が変化し始める。

「チッ！　無駄に粘《ねば》りやがる！　いい加減くたばれってんだ!!」

ずっと炎の弾幕を撃ち出す魔術《ファイアバルカン》相手にディフェンスに徹《てっ》し続けた《超人剣豪》一条葵《いちじょうあおい》。

その驚異的な粘りにしびれを切らした《黒の元帥》ベリアル・ウル・サラマンドラが両手に炎の剣を持ち、

「オラアッ!!」

葵に向かって突っ込んでいったのだ。

これに葵は、

「ようやく釣り出されてくれたでござるな」

「ッ!?」

待っていたとばかりにヤマトからもらい受けた瑠璃《るり》色の刀、三日月を振りぬく。

「剛の奥義、《斬鉄閃《ざんてつせん》》!!」

その一太刀《たち》はベリアルの双剣、その片方を砕き散らす。

だが同時にすでにひび割れていた三日月も、粉々にしてしまった。

《超人剣豪》の技は半端《はんぱ》な刀では耐えきれない。

三日月もよくもちはしたが、先ほど《露刃風《つゆばかぜ》》を放った時に刀身を損傷し、すでに限界を超えていたのだ。

「馬鹿《ばか》が！　焦《あせ》るあまり自分の武器をぶっ壊しやがった！　――死ねえッ!!」

この葵のミスにしめたとベリアルは剣を振りかぶる。

狙《ねら》いは葵の脳天。

炎熱の刃で股下までを真っ二つに斬り裂く軌道。

だが炎熱の剣は葵の脳天に届く前に止まった。

何故《なぜ》、と驚愕《きょうがく》するベリアルはその理由を葵の左手に見つける。

「こいつ、死体の武器を――――ッ!」

そう。ここは戦場。

特にベリアルが《ファイアバルカン》を連発していたこの場所は、あちこちに両軍の死体が転がっている。

葵は砕け散った三日月の代わりに、その死体から剣を剝《は》ぎ取り、ベリアルの打ち下ろしを受け止めたのだ。

所詮《しょせん》は粗悪な鉄。

ベリアルの炎熱の刃はこれを一秒もかからずに溶断せしめる、――が、《超人剣豪》の身体能力をもってすれば、斬り返しに一秒は要さない。

葵は左手の剣が溶断される前に右手で落ちていた刀を摑《つか》み取り、振るう。

ベリアルはすぐさま剣を引き戻し、防御。

もはや斬るではなく叩きつけるような斬撃を防ぐ。

もちろん葵の技に粗悪な刀が耐えられるわけもなく、刃は衝突の衝撃で木っ端みじんに吹き飛ぶ。が――そんなことは葵も承知。

代えなら、いくらでも転がっている。

一太刀放つうちにもう片方の手で武器を拾い、連撃となす。

一太刀ごとに装備を使い潰《つぶ》す、あまりに乱暴な、しかし戦場だからこそ可能な乱撃。

その技こそ、

「乱の奥義――《戦塵神楽《せんじんかぐら》》ッ!!」

血の染み込《しこ》んだ戦場の土を巻き上げながら、葵は舞う。

敵を、人間を侮るあまり不用意に接近しすぎたベリアルはその武神の舞に巻き込まれて、逃げることすらかなわない。

そう、ネウロは『核ミサイル』や、寒村から北方四領を瞬《また》く間に平定した超人高校生たちの手腕を見て、彼らを侮ってはいなかった。だからこそある程度拮抗《きっこう》することができた。しかしなんの対策もなく過信だけで突っ込んでくるような相手は、彼ら彼女らの敵ではない。

それが――《超人剣豪》一条葵ならばなおのこと!

「ぐあっ!」

もはや魔術を唱える暇すらない。

荒れ狂う竜巻のような乱撃に、身を守るので精一杯のベリアル。

しかしそれも長くは続かない。

ついに残る一本の炎の剣も粉砕されて――

「バカな……っ!　このオレがこんな原始人にィィィッ!?」

続く槍の横薙《な》ぎで、頭部を木っ端みじんに砕かれた。

「ルター⁉　ベリアルッ⁉　くそ！」

続けざまに同じ《人造人間》が二人討《う》たれ、流石に最後の一人《緑の元帥》デネブ・ウル・テュポーンの顔色が変わる。

一番危険なのは葵だと判断し、風の刃を放たんとする。

だが、杖《つえ》を振りかぶろうとした瞬間、彼の視界は色とりどりの煙に包まれた。

《超人マジシャン》プリンス暁《あかつき》のステージ用スモークだ。

「これはガス……⁉　いやただの煙玉か！　小賢《こざか》しいですね！」

不気味な色の煙はそれだけでこの世界の人間を委縮させる。

しかし、そこはデネブもこの世界よりもはるかに文明の発達した世界から来た異世界人。

すぐにそれをこけおどしだと看破し、風の魔法でスモークを薙《な》ぎ払《はら》う。

だが、その一工程だけで葵には充分だった。

「お手柄でござる暁殿‼」

「ぐっ！」

葵はあっという間にデネブとの間合いを詰め、彼もまた《戦塵神楽》の渦に巻き込む。

「ハアァアアァッ‼‼」

だが流石《さすが》に二度目となるとベリアルのときのようにはいかない。

デネブは風を纏《まと》わせた杖で葵の剛撃を受けながら、死体の少ない方へ移動。

拾える武器の数を制限し、《戦塵神楽》の回転を殺し、拮抗を生じさせる。

的確な判断――だが葵一人に手一杯になった現実は変わらない。

この機を、他の者たちは逃さない。

「葵ちゃんのおかげで何とか陣を組みなおせたぜ……！　皇帝を孤立させるぞ！　全員撃って撃って撃ちまくれッッ!!」

《超人実業家》真田勝人《さなだまさと》は自身が雇ったラカンの傭兵団《青龍幇》《チンロンパン》の陣形を立て直し、一人リルルに向かって突出したリンドヴルム皇帝を孤立させるため、これを追いかける彼の騎士団の横っ腹に一斉射撃を見舞った。

ボルトアクション式ライフルは、この世界では異次元の連射速度を誇る。

騎兵の戦列などひとたまりも無い。

一度は転移からの奇襲により帝国軍に傾きかけた戦局が、個の力と準備の良さによって少しずつ巻き返されていく。

そしてついには、

「女の子にこんなアブナイもの振り下ろすなんて、超シンジられないんですけどー！　親にどういう教育受けとんねんってカンジだよ！」

一人敵陣深くで孤立した皇帝に、《超人ジャーナリスト》猿飛忍《さるとびしのぶ》が矢の如《ごと》く迫った。

「忍法・雷遁《らいとん》!!」

地球から持ち込んだ改造済みスタンガンを、暴れる馬から飛び降りた皇帝の鎧に押し付け、電撃を打ち込む。

大気が割るような音と共に皇帝リンドヴルムの全身を稲妻が駆け抜け、

「――……無意味なことを」

直後、忍にとってまったく予想外のことが起きた。

電撃を受けているリンドヴルムが、自分に向かって腕を伸ばしてきたのだ。

◆◇◆◇◆

「ッ!!」

慌《あわ》てて忍はリンドヴルムから距離をとり、暁の傍《そば》に着地する。

あの状態で摑まれては自分も感電してしまうからだ。

「忍！　大丈夫!?」

「うん、でも向こうさんも大丈夫みたいだね。結構えっぐい改造してるんだけどなぁこれ」

忍が信じられないと言った表情で見つめる先。

リンドヴルムはあれだけの電撃を受けても顔色一つ変えず、両の脚で立っている。

人間の耐久力じゃない。

忍はリンドヴルムが剣の一振りで、林檎の対空迎撃ミサイルですら砕けなかったギュスターヴの《ラージュソレイユ》を砕き散らした話を思い出し、暁を庇《かば》うように立つ。

だが当のリンドヴルムは自分に害を加えてきた忍を追いかけるわけでもなく、ゆっくりと確かめるように周囲の景色を見渡して――

「お前が邪魔をして作り出したこの数秒で、一体何人が死んだ？　我の剣があの娘に届いていれば死なずに済んだ兵が、何人いた？」

呟《つぶや》いた。

叫ぶのではなく、憐《あわ》れむように。

それから改めて自分に牙《きば》をむいた忍を見据え、

「だが我はお前たちを許そう」

やはり憐れむような口調で告げる。

「この娘のために戦うお前たちにお前たちなりの正義があることはわかる。しかしどうだ。その結果として生み出されるものは見ての通り屍《しかばね》の山と血の河、ただそれだけ。複数の正義などが存在している限り、世界の在り方は変わらぬ。

――我にすべてを委《ゆだ》ねよ。

この《超人王》リンドヴルムが真なる力を手にすれば、我が力は国家すらも超越し、我が命は永久に滅びを知ることがなくなる。その暁には、我一人のみを頂点に立つ強者とし、人種も国家もなにもない、その他すべての弱者が平等に、平和に生きることのできる世界を作ってやる。人間を争いに駆り立てる『欲』のすべてを押さえつけ、戦争はもちろん、小さな諍《いさか》いすら存在しない、たった一つの絶対正義による完全なる世界を」


「――――……」

リンドヴルムの声は富濃盆地によく響き渡った。

別段声を張り上げてるわけでもないのに。

その理由は、リンドヴルムが口を開いたその瞬間、富濃盆地の丘で繰り広げられていた両軍の戦闘がピタリと止んだからだ。

皇帝軍も、ヤマト軍も、《青龍幇》も、超人高校生たちまでも――

手を止め、息を呑《の》み、リンドヴルムの声に耳を傾ける以外を選べなかった。

まるでこの者の言葉を聞き逃してはならないと、そう本能が訴えるよう。

それだけではない。

彼が口にする途方もない夢。

ともすれば世迷言《よまいごと》にしか聞こえぬ理想論。

それが、まるで本当に実現可能な、いや、——そうなるのが当然であるかのように思えてしまうのだ。

その不可思議な感覚、しかし否定《ひてい》を許さない現実に超人高校生たちは思う。

自分たちは、何か大きな過ちを犯していたのではないか、と。

リンドヴルムはネウロたちの野望によってささげられた生贄《いけにえ》の羊。

彼らの《御父上》を復活する器。

故に、最悪の場合こちらを破壊してしまうのも手段だと考えていた。

だが——

こうして本人を目の前にした今、思う。

これが、……羊か？

いや、違う。

この男は、

『《四大元帥》が嘘《うそ》をついていようが、些末《さまつ》な事。我が内に眠る力の存在は我自身が誰《だれ》よりも理解している。それが我を飲み込もうとするならば、逆に食い散らかして血肉とすればよいだけだ』

自分を殺せば貴方も死ぬと言ったリルルに対して、顔色一つ変えずにそう言ってのけたこの男は、《邪悪な竜》を喰《く》らうもう一匹の竜。

今、それをこの場に居る誰もが確信した。

だとすれば――

「誰もが奪わず奪われず、平穏に日々を生きられる世界。飢えることも渇くこともない、我という絶対者によりすべてが管理される完全なる世界。……その娘はそこへ至るための、最後の犠牲なのだ」

そう言って再び刃を持ち上げるこの男に、たった一人の絶対的な力によって争う余地のない世界をもたらそうとするこの《超人王》に、刃を向けるのは本当に正しい事なのか。

この世界にとって、正しい選択なのか。

大切な友人であるリルルを守ると誓っていたはずの超人高校生たちの心に、そんな疑問が浮かび上がってくる。

命の恩人でもあり、今日まで共に戦ってきた大切な仲間と、今日あったばかりの名前しか知らない男の言葉。

本来ならば秤《はかり》にかける余地もない二つが、等しく思えてしまう。

そんな己《おのれ》の正しさを『確信』させるリンドヴルムの厳《おごそ》かな威圧。理屈すら飛び越えて相手を平伏させる存在感。この異能とすら言える威圧感に、忍は思う。

目の前の男は、支配者という種の――超人なのだと。

しかし、

「力を以《もっ》てただ一人頂点に君臨する。それが貴方の正義か。リンドヴルム皇帝」

誰もが息を呑むしかなかった沈黙の中、一人だけ動き続けていた男がいた。

ねじ曲がったライフルを杖に、折れた脚を引き摺り、リンドヴルムに迫る男が。

《超人政治家》御子神司である。

「ならば、私は貴方には膝《ひざ》を屈しない」

◆◇◆◇◆

「リンドヴルム皇帝。貴方のことは以前ギュスターヴ公から聞かされた」

――やがてキサマも知ることになる。この世界がたった一人のお方のために存在するモノだということを。紛《まが》い物《もの》ではない。天に選ばれた支配者という種の天才の存在を。それを知ったとき、キサマは自ずから皇帝陛下に跪《ひざまず》くことになるだろう。

ギュスターヴが死に際に遺した炎の予言。

それはあの日からいつも、司の頭の端に引っかかっていた。

皇帝リンドヴルム。

ギュスターヴにあそこまでの異常な忠誠を誓わせる人物。

いったいどんな人間なのだろうと。

そして、今日ついにその本人と出会った司は、確信する。

「なるほど。貴方の纏う存在感。弱者を憐れむその心。想《おも》うだけにとどまらない行動力。

確かに貴方はギュスターヴ公の言う通り、王という種の天才——いや《超人》なのだろう。

貴方は自身の口にしたことを決して違《たが》えないにちがいない。この世界をただ一人で支配し、あらゆる反発を押さえつけ、争いや憎しみのない、己一人を頂点とする平等で平和な世界を作る。その途方もない理想も、ともすれば貴方なら可能なのかもしれない」

だが、

「しかし、そんな世界はおよそ完全とは程遠い、不完全な世界だ」

「……なに？」

司はリンドヴルムの掲《かか》げる世界を真っ向から否定する。

彼はギュスターヴの言葉にどこか『期待』を抱いていた。

本当にそんな種の天才が存在するならば、いつも最善を尽くしながらもどうしようも無く色々なものを取りこぼしてしまう、最小の犠牲で最大の幸福を求めるしかない『凡人』の自分とは違い、何一つ犠牲にしないまま最大の幸福を実現できるのではないか。

——もしそんな人間が自分の目の前に現れてくれたら、自分は……自分のしてきたことのすべてを悔やむことができるのではないか。

そんな『期待』にすら近い感情を。

しかし、リンドヴルムはそうではなかった。

なぜなら、

「貴方の掲げる世界には人々の幸福が存在しない」

「……！」

「何故なら幸福とは個々人の『欲』によって見いだされるもので、与えられるものではないからだ。どれほど優れた治世、優れた王、優れた制度でも、人に幸福そのものを与えることはできない。

貴方の理想はただ強力な力によって人の『欲』を押さえつけ、体制を維持するだけ。

数えきれないほど繰り返されてきた歴史の常。

それを他人より長く続けられるだけに過ぎない。

そんな不完全な世界のためにリルル君を犠牲にするわけにはいかない！　倒れるのは貴方だリンドヴルムッ!!」

言うと同時、司は歩きながらマガジンを交換した拳銃を構える。
同時にリンドヴルムの傍に居る忍に目くばせ。
これを受け、彼女も挟撃《きょうげき》の態勢を整える。
また勝人も後続の皇帝軍を抑える人員を残し、リンドヴルムを狙うように指示。
最大火力での反撃を試みる。
だが、しかし、
その反撃が行われることは——なかった。

「——あ、」


突如、ぐらりと司たちの視界が傾く。

傾き、言葉を発する暇もなく意識が闇《やみ》に落ちていく。

一体何が起きたのか。

理解できず司は混乱する。

だが、

「お前とは違い、話のわかる者もいるようだな」

リンドヴルムのその言葉に、そして今自分に起きている症状に、まさかと司は消えかける意識を必死に繋ぎ止めながら、後ろを振り向く。

そこには――

「、っ…………――――」

どうして彼女が。

そんな疑問を司は無理矢理捨て去った。

今はそんなことを考えている場合ではない。

理由などどうでもいい。

引き金を引かなければ。

リルルが危険だ。

意識が途絶える前に、リンドヴルムを討たなくては。

思うも、しかし指に力は入らず、銃は手から零《こぼ》れ落ちて、司たちの意識は無明《むみょう》の闇に墜ち、同時に巨大な刃が無防備に横たわるリルルの心臓に突き立てられた。

◆◇◆◇◆

リルルの心臓を黄金の大剣が差し貫《つらぬ》いた瞬間。

その場にいたすべての人間が、——巨大な、まるで竜の心臓が鳴らしたような巨大な心音を耳にした。

その心音は永い眠りから目覚めたように、徐々に早鐘を打ちはじめ、地鳴りとなって大地を揺らす。

同時に、

「うぉぉぉ……………」

地鳴りの中心、そこに立つリンドヴルムの身体から、漆黒の炎のようなものが吹き上がり、彼の身体を包み込む。

その漆黒の炎に包まれたリンドヴルムは、体を戦慄《わなな》かせながら呻《うめ》く。

まるで生きながら全身を焼かれているような、くぐもった呻き。

それは次第に叫びに変わっていき、

『■■■■■■■■■■■■■■■■■■——ツッツ!!!!』

絶叫が上がった。

人のものではない、大気を震わす咆哮《ほうこう》が。

同時にリンドヴルムを包んでいた漆黒の炎が、巨大な火柱となって空に打ちあがる。

天と地を貫く黒の極光。

光すらも飲み込む、濃密な魔力。

「おおおっ!!」

デネブは司や勝人たち同様、戦闘の途中で突然昏倒《こんとう》した葵に追撃することすら忘れて、歓喜の声を上げる。

世界を塗りつぶすその魔力が誰のものか、彼はよく知っているからだ。

「ついに、ついにこのときが来た！　御父上が再びこの地に復活される時が！　私が完全な存在に戻る日が！」

やがて黒い極光が失せ、光の中から依然そこに佇《たたず》むリンドヴルムの輪郭が現れる。

デネブはもはや待ちきれないとばかりに走り出し、その足元に駆け寄った。

そしてその場に膝をつき、祈るように手を合わせ、語りかける。

「御父上！　おわかりになりますか！　私です！　貴方の息子、デネブです！」

そんなデネブに対して、

「お前が我を欺《あざむ》いていたことを、我は許そう」

リンドヴルム・フォン・フレアガルドは、先ほどまでと変わらない口調でそう言った。

「…………は？」

これにデネブは愕然《がくぜん》と目を見開く。

何故。

封印は確かに破壊された。

ならばリンドヴルムの身体を器として、デネブたちを作った《邪悪な竜》こと《御父上》が再びこの世界に復活したはず。

なのに、何故その体にまだリンドヴルムが入っているのか。

その体にリンドヴルムが入っているならば、《御父上》は何処《いずこ》に行ったというのか。

混乱するデネブ。

そんな彼の混乱を察したリンドヴルムは答えた。

「お前の創造主は、我が血肉とした」

「っ、あ…………？」

「愚《おろ》かにも我を飲み込もうとしたその者は、もうこの世には存在していない。その力も、知識も、魔術も、すべてはすでに我のモノだ。……この力があれば、もはや我以外の武力は必要ない。我一人で世界のすべてを掌握《しょうあく》することができよう。今まで《帝国元帥》としてよく働いた。我がこれより創造する完全なる世界で、その民の一人として穏やかに生きるといい」

告げるリンドヴルムの瞳《ひとみ》。

それもまた口調と同じく、先ほどまでと変わらない。

デネブの知る《御父上》の、自分を追い出した世界に対する怒りに満ちた瞳ではない。

静謐《せいひつ》ともいえるほどに静かな瞳。

それを見て、

「あぁ、ぁあぁあああ…………！」

デネブは否応なく確信した。

一つの身体に二つの魂は留《とど》まれない。

彼が仕える主は、この男との肉体の争奪戦に敗れたのだと。

それはデネブがもう二度と、今の下等な猿の身体から、転生以前の限りなく完全に近い存在に戻ることができなくなったと同義であり、

「ふざけるなぁぁぁあああああああ‼‼」

デネブは激高した。

今日という日まで、この醜い体で生きる屈辱に耐えながら、彼ら《人造人間》が猿と罵《のの し》る先住民の王に仕えてきたのは、すべてかつての栄光を取り戻すため。

そのすべてが水泡となった怒りのままに、デネブは魔術を以てリンドヴルムに襲い掛かる。

これにリンドヴルムは、

「それがお前の選択か。——残念だ」

嘆息をつくと、腕を虚空《こくう》に振るった。

瞬間、『パン』と水風船が割れるような小気味よい破裂音と共に、デネブの身体が血霞《ちがすみ》となって弾け飛ぶ。

残ったのは僅かな肉片と、着ていた服の糸くずだけだ。

デネブは死んだ。

そして、この世界に巡《めぐ》っていた因果をまるで道の小石のように蹴《け》り飛ばしたリンドヴルムはリルルの血に濡《ぬ》れた大剣を今一度地面に突き立てて、
陣営が入り乱れる富濃盆地を——砕いた。


かつて大陸を一度滅ぼした《邪悪な竜》の力。その悉《ことごと》くを喰らい尽くして血肉としたリンドヴルムは、剣の一刺しで地殻を砕き、大地に蜘蛛《くも》の巣状の地割れを生じさせる。

地割れにより否応なく身動きを封じられた兵士たち。

そんな彼らに向け、リンドヴルムは告げる。

「全軍、争いを止めよ。今ここに、世界は『完成』したのだ。これよりは我《われ》が唯一絶対の支配者としてこの世界のすべてを統治する。我が下の弱者は等しく平等であり、争い合うことはその一切《いっさい》を許さぬ」

「大地が……」

「剣の一突きで………割れた」

「人間じゃ、ねえ。こんなの、勝てるわけが、ない……」

これに皇帝軍はもちろん、《青龍幇》やヤマト軍も従う他になかった。

彼らを従えていた超人高校生たちも今や全員昏倒《こんとう》しているのだから、なおさらだ。

誰もが目の前に君臨する絶対者に膝をつき、頭をたれる。

その厳かな沈黙の中――

「素晴らしい、素晴らしいですわ」

パチパチと、一人の少女がとても嬉《うれ》しそうに手を打った。

皆が膝をつく中、ただ一人富濃盆地に立つ少女――超人高校生たちに麻酔針を打ち込んで昏倒させた、《超人医師》神崎桂音《かんざきけいね》が。

「……何故味方を裏切ったのだ？」

「裏切った？　違いますわ。わたくしは自分の成すべきことを成しているだけですわ」

「先ほど貴方が目指さんとする世界を聞いて、わたくしは思いましたの。貴方はわたくしと同じ理想を目指す人間だと」

◆◇◆◇◆

桂音は思う。
人間は弱い。ひどく弱い。
それは神が愚かしくも人間をそう作ったがためだ。
妬《ねた》み、嫉《そね》み、奪い合う生き物として、『欲』という欠陥《けっかん》を持たせたからだ。
桂音は戦場で殺し合う人々を見て、いつも思っていた。
この創造主の手落ちを治療したい。
いや、そうするために自分という人間は生まれてきたのだと。
それだけの技術が自分にはある。
だが、力が足りない。
自分の治療を世の中のすべての人間に受けさせる力が。
世に存在する倫理、道徳、そんなくだらないものが自分の邪魔をする。
もどかしかった。疎《うと》ましかった。
——しかし今日、彼女は出会った。

そのすべてを打ち払う純粋な『力』に。

自分の目指す理想、『欲』という欠陥を治療した優しい人々だけが生きる完全な世界。そこに到達する力と意志を持った存在に。

彼となら、自分の抱き続けてきた夢が叶うかもしれない。

リンドヴルムは封印を解く前ですら、そう思わせる超人然とした存在感を身にまとっていた。

そして、今まさに《邪悪な竜》の力を喰らい尽くし、剣の一振りで大地を割ったリンドヴルムを見て――

「その思いは今確信に変わりましたわ」

桂音は興奮に頰《ほお》を紅潮させた表情で、リンドヴルムに提案する。

「リンドヴルムさん。貴方なら強固な支配によってこの世界に平和をもたらすことができるでしょう。

ですが力で押さえつけるだけでは、人々は不満を感じてしまう。

幸福にはなれない。

愚かな神が人を欲深き存在として作ったがために、人はより多くを求め続けてしまうものなのですから。

でもわたくしなら、その欠陥を治療できます。

欲のまま奪い合う人の病んだ心を治し、他人を慈《いつく》しみ、惜しみなく分け与え、今ある小さな幸せを尊べる——『良い心』を仕立てることができる」

……だから、と桂音はリンドヴルムに握手を求めるよう手を伸ばす。

そして言った。

「わたくしの仕立てる『良い心』と、貴方の『永久の治世』で作りましょう。誰もが幸福に、誰もが平和に生きることのできる完全なる世界を。この世界と、——そしてわたくしたちの元い、い、い、い、い、居た世界で！」

「元居た世界……？」

桂音の熱の入った提言にリンドヴルムが関心を見せ、視線を桂音に向ける。

その一瞬、

『誰か動ける人はいませんか！』

突然、富濃盆地に切羽詰《せっぱ》まった叫びが上がった。

叫んだのは——なんと心臓を穿《うが》たれ死んだはずのリルル。

だが彼女が生きていたわけではない。

リルルの口から出た声は、リルルのものではなかった。

その叫びは彼女の骸《むくろ》に憑依《ひょうい》した《人造人間》ユグドラのもの。

『いたら私の手を……手を取ってくださいッ!!』

ユグドラはそう言うと、誰か反応してくれと祈りながら手をかざす。

これに、

「っ――――アァアア!!」

超人高校生たちのなかで一人、《超人ジャーナリスト》猿飛忍が反応した。

理由がある。

完全に不意を突かれた他の者たちと違い、忍はジャーナリストとして桂音の闇を知っていた。

そこから推察される、桂音の抱く野望も。

故にリンドヴルムが掲げた理想に彼女が同調する可能性を、僅かとはいえ考慮することができたのだ。

その僅かな考慮が、とっさの行動に繋《つな》がった。回避行動をとった忍に対して、桂音の麻酔は不十分であり、朧《おぼろげ》気ではあるが忍は意識を繋ぎ止めていたのだ。

忍はユグドラの呼びかけに対して、傍に居るプリンス暁をひっつかむと、残った最後の力で地を蹴る。

そして半身を起こすリルルの手を握った。

その刹那《せつな》、翠色の魔力光がリルルの身体から放たれて、
リルルと忍と暁――三人の姿が富濃盆地から消えてなくなる。

ユグドラの転移魔法だ。

三人は魔法によってこの場を逃れた。

だがそれを目撃したリンドヴルムは、特に興味もなさげにもう一度桂音に視線を戻す。

そして、問うた。

「……その話、詳しく聞かせてもらおうか」

元居た世界。

たった一人の強者として生まれ、すべての弱者を守る責任を自覚する《超人王》として、強い興味を惹《ひ》かれるその言葉の意味を。


こうして、この異世界を巡る太古よりの因果は誰もが想像だにしていなかった結末を迎えた。

だがそれは超人高校生たちにとって、《超人王》リンドヴルムという《邪悪な竜》すらも喰らう、より強大な、より強固な意志を持つ敵との戦いが始まることを示していた。

第九章

CHAPTER 9

傅《かしず》かぬ者達

新大陸。

それはフレアガルド南部の海をひたすら南進した先にある大陸のことを指す。

一世紀前にラカンの造船技術向上に伴い、海上の探索範囲が広がったことで発見されたその大陸は、しかし近年になるまで殆《ほとん》ど手つかずであった。

距離が遠すぎたからだ。

十隻新大陸へ向かっても、戻ってこれるのは一、二隻。

それも船員には死者が多数出ているという有様《ありさま》。

加えて新大陸には新大陸の住人がおり、これとの諍《いさか》いも厄介の種であった。

だが――その状況が近年大きく変わる。

フレアガルド南部と新大陸北部の中間に位置する場所に、大きな島が発見されたからだ。

この島の存在が明らかになったことで、この島を航路の経由地点にできるようになったことで新大陸への航行は極《きわ》めて容易となったのだ。

——これは新大陸の住人にとっては不幸でしかなかった。

新大陸は地の果てまで広がる赤土の荒野に僅《わず》かなオアシスが点在する荒れた土地。

そのオアシスを巡《めぐ》っていくつもの豪族が絶え間ない争いを続けており、一つの国家としてのまとまりをもっていなかった。

またそんな背景もあり文化的交流が少なく、文明も未発達だった。

そんな有様では当然、新大陸に資源や奴隷《どれい》を求めてやってくるフレアガルド帝国やラカン群島連合に勝てるはずもない。

彼らはいいように蹂躙《じゅうりん》され、略奪された。

特にリンドヴルムが己《おのれ》の中の《邪悪な竜》を封印するエルフ殺害を目的とした新大陸侵攻を始めてからは、この動きは加速した。

しかし、それに比例して、新大陸の人間たちの憎しみもまた巨大化。その巨大化した憎しみは今までまとまりを欠いていた新大陸各地の豪族たちに、共通の敵に対抗するためという、共闘の大義名分を与えた。

戦時同盟を結んだ豪族たちは、新大陸中の戦力をかき集め、破竹《はちく》の勢いで進軍してきたリンドヴルム率いるフレアガルド帝国軍に大反攻を仕掛けた。

――まさに、そんなときだったのだ。

ネウロによるリンドヴルム軍の転移が起きたのは。

これはフレアガルド帝国軍にとってまったくもって不測の事態。

軍の中枢《ちゅうすう》を突然丸ごと失ったフレアガルド帝国軍は大混乱に陥《おちい》り、決戦戦力で挑《いど》みかかってきた新大陸の豪族連合の攻撃によって大打撃を受けた。

統率を失い混乱するフレアガルド帝国軍に、新大陸の人々は容赦《ようしゃ》しなかった。

まるで稲を鎌《かま》で刈るように、逃げ惑う兵士たちの首を飛ばしていく。

情などない。

当然だ。彼らはそれだけのことを新大陸で行ってきた。

もともと頭数自体は豪族連合の方が三倍以上多く、その数の差を《四大元帥》の力と、リンドヴルムの超人的な武力によって埋めていたこともあって、その惨状たるや目を覆《おお》わんばかりとなった。

一夜明けるうちに、フレアガルド帝国軍十万の兵力のうち、三割もが殺害されたのである。

この惨劇は帝国軍の心をへし折った。

混乱は狂乱に代わり、秩序を失った兵たちが隊列もなさず逃げ惑《まど》う。

しかし戦場は不幸なことに隠れる茂みもない荒野。

日が昇った今となっては、闇《やみ》に紛《まぎ》れることもできない。

このままでは全滅も時間の問題だろう。

そう誰《だれ》もが絶望を感じたとき、――彼は戻ってきた。


「そこまでだ」


声は朝焼けの空から。

怒号と鋼《はがね》のぶつかり合う戦場にあって、全員の耳に届いた。

そして誰もが思う。

この声を無視することは、許されることではない、と。

フレアガルド帝国軍も新大陸の住人も、全員が空を見上げる。

そこにリンドヴルム・フォン・フレアガルドはいた。

「新大陸の蛮族《ばんぞく》どもに告ぐ。

無数の紛《まが》い物《もの》の強者が喰《く》らい合う古い世界は、今日終わりを迎えた。

今日よりは、このリンドヴルム・フォン・フレアガルドただ一人が頂点に座す。

今すぐに武器を捨て我の軍門に下れ。さすれば……我という絶対者の下《もと》、帝国人も新大陸の民も皆平等に、誰一人として理不尽に死ぬことのない幸福な治世を約束してやる」

「ふざけるな！　この侵略者め！」

「俺《おれ》の娘も息子もお前らに殺された！　お前らも！　北の大陸の人間も！　全員を縊《くび》り殺すまで俺たちの怒りは止まるものか！」

「殺せェッ！　もっと殺せッ！　相手はたかが一人増えただけだ‼」

天の高みから放たれるリンドヴルムの降伏勧告。

しかし新大陸の豪族たちは当然従わない。

怒号《どごう》を返し、天に唾《つば》を吐き、再びの殺戮《さつりく》を行おうとした。

「――愚《おろ》か者が」

この豪族たちの行動にリンドヴルムはため息を零《こぼ》しながら、眼下の大地にうごめく彼らをなぞるように黄金の大剣を薙《な》ぎ払《はら》う。

その瞬間、それは起きた。

「「……………え？」」

今まさに瀕死《ひんし》の帝国軍を取り囲み、襲い掛かろうとしていた新大陸連合の軍隊。

その前半分が、凍り付いたのだ。

丁度リンドヴルムの刃がなぞった延長線上に存在していた十五万人近い人間が一瞬で。

この異常事態に後ろ半分の兵たちは慌《あわ》てて足を止め、絶句する。

そして、そんな彼らを見下ろし、――リンドヴルムは再度勧告した。

「今一度言う。——跪け」

「「「っ…………………、」」」

この勧告に抗《あらが》う人間は誰もいなかった。

新大陸の軍隊は天から放たれるリンドヴルムの言葉の圧力に押しつぶされるように、次々とその場に膝《ひざ》を屈し、こうべを垂《た》れる。

その力に、その威圧に、彼らは皆、否応なく理解したのだ。

この世界が——ただ一人、支配者という種の天才のために存在するのだという現実を。

◆◇◆◇◆

瞼《まぶた》が——重い。

今までの人生で経験が無い程に。

二年前、世界一周マジックショーをやり切った後もここまでの疲労はなかった。

プリンス暁《あかつき》は一体どうしてこんなにも瞼が重いのかと疑問に思いながら、どうにかこうにかそれを持ち上げる。

開いた視界には、木漏《こも》れ日《び》に輝く深緑の天蓋《てんがい》がある。

その光景に暁は気付く。

自分が森の中に横たわっていることに。

「あ……れ…………」

彼は首を傾げる。

何故《なぜ》自分はこんなところで寝ているのだと。

寝る前に、何をしていたのだったか。

思い出そうとするも、寝起きで思考力が落ちているのか、記憶は靄《もや》がかかったように不鮮明だ。

『お目覚めになりましたか。よかった』

ふと、体を起こした暁に声がかかる。

あまり聞いた覚えのない声。

誰だろうと視線を向けると、

「リルル……？」

巨大な木の根に座り、芝に横たわる自分を見下ろしているリルルと目が合った。

今の声はリルルだったのか？

少し違ったような気がしたが。

いやそれよりもリルルが座っている大樹は確か――

と、記憶に引っかかる手ごたえを覚え、それを手繰《たぐ》ろうとしたそのときだ。

「おっはよー！」

「うわっ」

暁は突然背中から抱きしめられた。

こっちの声は聞き覚えがある。

間違えようもない友人の声。

振り返ると、そこには思った通りの人物――猿飛忍《さるとびしのぶ》の姿があった。

「よかったー。暁ちんやっと目が覚めたんだねー。さすがに一ヵ月も眠りっぱなしだったから心配したよっ」

「ぐえっ、ちょっと忍、苦しい……って、一ヵ月眠りっぱなし……？　え？　ええ？」

それはどういう――

と、疑問を口にしかけた時だった。

覚醒《かくせい》から時間が経過し、瞼に重さを感じなくなるのに比例し、意識が覚醒。記憶が鮮明になる。その過程で――暁は思い出した。

意識を失う前、自分が何をしていたかを。

「そう、そうだよ！　ボクたちは確か皇帝の軍隊と戦争してて、……でも急に眠くなって、意識が途切れて……。ていうか思い出した！　ここユグドラさんと前に逢った森だよね？　木の根っこに竜のミイラがあるし！　なんでこんなところにいるの⁉　他のみんなは⁉　一体なにがどうなって——」

「はーい、どーどーどー。暁ちん落ち着いてー」

「むぎゅっ」

一気に爆発《ばくはつ》した記憶。

その記憶との間にある現状のズレに取り乱す暁。

これを忍はぎゅっと胸に抱き寄せて黙らせると、

「……今から全部説明したげるから、落ち着いて聞いてね」

彼に話し始める。

ただ一人、意識を保っていた自分が見た、富濃《とみの》盆地での出来事を。

「皇帝の軍隊と戦っていたあのとき、アタシたちはさ、桂音《けいね》ちゃんに眠らされたんだよ」

「え、桂音に？　どうして桂音が⁉」

「動機は後で。まずは暁ちんが眠っている間に何が起きたかを順序だてて話すね」

「う、うん」

「桂音ちゃんの奇襲でアタシたちみんなが動けなくなった後、皇帝リンドヴルムは……リルルちゃんの心臓に剣を突き立てて、リルルちゃんを殺したの。

そして、リルルちゃんが死んだことで《邪悪な竜》を封じていたユグドラさんの封印が壊れて、《邪悪な竜》が復活しそうになった。

……でもそこで信じられない事が起きた。

リンドヴルムが自分の身体を乗っ取ろうとした《邪悪な竜》を逆に取り込んじゃったんだよ。千年前にユグドラさんたちとの戦いでこの大陸全土を破壊した力ごと、ね」

「……！」

その経緯を聞いて、暁はリルルの声を聞いたときの違和感に答えを得た。

そうだ。あれはやはりリルルの声ではなかった。

以前この場所で聞いたユグドラの声だ。

つまり今この場に居るのはユグドラであってリルルではない。

……リルルは、もう――

「っ、」

この世界で自分たちの命を救ってくれた大切な友人が、よりにもよって自分たちの友人の裏切りで殺された。

その事実に心がズキズキと痛む。

だが暁はそれを必死に押さえつけ、

「……でもさ、ということは《邪悪な竜》ってやつは死んで、ボクたちがそもそもこの世界に呼ばれた理由だった危機は去った、っていうことなの？」

今はとにかく現状を把握しようと、忍に質問する。

一番把握したいのは自分たちの目的。

《邪悪な竜》一派の陰謀《いんぼう》がどうなったのか、ということだ。

これに忍は難しい表情で答えた。

「……確かに《邪悪な竜》は死んだけど、それでこの世界が助かるかというと、……一概《いちがい》には
そうとも言えないかもしんない。ううん。それどころか状況は悪くなってるかもしれない。

だって今度は、地球も他人ごとじゃなくなってるんだから」

「地球も⁉　ど、どうして⁉」

「そこで話は桂音ちゃんの動機に戻るんだけど、桂音ちゃんはずっと人間の『欲』に疑問を
持っていた。他人を妬《ねた》み、嫉《そね》み、より多くを得ようとする人の『欲』こそが世の中に争いの絶
えない原因、人間の生来《せいらい》抱える『疾患《しっかん》』だと考えて、――それを外科手術によって取り除きた
いと思っていたみたい」

「っ……外科手術、って、まさか」

その言葉に暁は恐ろしい光景を連想して、顔色を青くする。

これに忍は頷《うなず》いて、

「たぶん暁ちゃんの想像通りだよ」

自分のこめかみをトントンと指で叩《たた》いて見せた。

「そんな桂音ちゃんにとって、皇帝リンドヴルムが掲《かか》げた、たった一人の力で管理されるディストピアは都合が良かったんだろうね。桂音ちゃんはリンドヴルムの理想に自分の理想と同じものを見て、私たちを裏切ってリルルちゃんを犠牲にする道を選んだ。そしてリンドヴルムもそんな桂音ちゃんを受け入れた。……この一ヵ月で帝国はかなりすごいことになってるよ」

忍は暁が昏睡《こんすい》している間に見てきた帝国の現状を語る。

リンドヴルムは富濃盆地から戻った後、まさしく自分が宣言した通りの支配を行った。

頂点にただ一人、自分のみを置き、他すべての者と平等として扱ったのだ。

貴族も、平民も、奴隷すらも。

そのうえでリンドヴルムは彼らから一切《いっさい》の財産と権利を没収。

学問や娯楽といった、『欲』や『不平等』、それら『争い』の種となりうる一切をも禁じた。

普通こんな圧政を布けば、暴動の十や二十は起ころうものだろう。

実際、それは起こりかけた。

それこそ百以上も。

しかしそのいずれもが成就《じょうじゅ》しなかった。

リンドヴルムに反抗的な感情を持った者はすぐにその存在を察知され、捕らえられ、――数日後、彼の治世に絶対の信頼を置く『欲』を持たない善人となって帰ってくるからだ。

れて。

《超人医師》神崎《かんざき》桂音のオペによって、自分よりも他人を愛し慈《いつく》しむ『良い心』を仕立てら

まるでつきものが落ちたかのような溌溂《はつらつ》とした笑顔で。

「そして最高にやっかいなのが、桂音ちゃんは間違い無く、これと同じことを私たちの世界

……つまりは地球でもやるつもりだってこと」

リンドヴルムは《邪悪な竜》の力と知識、そのすべてを吸収した。

その中には当然、《邪悪な竜》がこの世界に来た時に用いた異世界転移術もあるはず。

その気になれば今すぐにでも、あの二人は地球へ赴《おもむ》くことができるのだ。

「あのとき、ユグドラさんがリルルちゃんの身体を介して助けられたのはアタシと暁ちんの二人だけ。他のみんなは捕まってる。……たぶん、桂音ちゃんに頭の方も弄《いじ》られてると思う。だから、ここに居るアタシたちが選ばないといけない」

「選ぶって、な、なにを？」

「このままユグドラさんの力で二人だけ地球に戻って、向こうの皆に危険を知らせるか。それともこの世界に留《とど》まって、なんとか皆を正気に戻して、リンドヴルムと桂音ちゃんの野望を打ち砕くか。そして――」

困惑する暁に忍は選択を提示し、そのうえで一点補足する。

「もし暁ちんが後者を選んでくれたら、アタシたち二人が地球に戻るための魔法を使わない代

わりに、リルルちゃんを生き返らせることができる……！」

「え……っ!?」

◆◇◆◇◆

一ヵ月前。

忍はユグドラの魔法によって、暁と共にヤマトの森へ転移してきた。

窮地《きゅうち》から逃れて早々、ユグドラは忍に深々と頭を下げる。

『申し訳ありませんでした。私が皆さんをこの世界に連れてきたせいで、皆さんの間に不和を生み出してしまった……』

『それは……、別に謝られるようなことじゃないよ。これはアタシたちが選んだ戦いでもあるんだからさ』

謝罪するリルル──の骸《むくろ》を借りたユグドラに対し、忍はそう返しながら、ピルケースから黒い丸薬を取り出す。

秘伝の解毒剤&気付け薬だ。

少々違法な材料で調合しているためかなり強い副作用があるが、今は倒れていられる状況じゃ無い。

忍は迷いなくそれを口に放り込むと、しばらく黙り込む。

そして気付け薬の作用で多少意識がハッキリしてから、改めて口を開いた。

『でも大変なことになっちゃったってのはマジだね。こうなるのはアタシもちょっと予想してなかった。……桂音ちゃんはきっと、皇帝を連れて地球にも攻め込むつもりだ』

これにユグドラも頷《うなず》く。

『――可能でしょう。《御父上》を取り込んだということは、彼の力はもちろん、魔法の知識もすべて手に入れたということですから』

曰《いわ》く大陸全土を滅ぼしかけた《邪悪な竜》の力。

そのすべてを自由自在にできるとなると、果たしてどれほどの戦力になるのだろうか。

少なく見積もってもギュスターヴを遥《はる》かに超えることは間違いない。

林檎《りんご》も葵《あおい》も向こうに捕まってしまった今、力技での解決はあまり現実的ではない。

さて、自分はどうするべきか。

考え込む忍の傍《かたわ》ら、

『ですが……リンドヴルム、あの皇帝のおかげで、《御父上》の野心は思いもかけぬ形で頓挫《とんざ》しました。ある意味、この世界は救われたのかもしれません』

ユグドラがそう告げると、一つ提案をしてきた。

『皆さんには私の勝手な都合で本当にご迷惑をかけました。せめてもの償《つぐな》いに、今ここにいるお二人だけでも今から元の世界に送り帰させていただけませんか』

　これに忍はやや疑《うたぐ》るような視線を向ける。

『……本当に送り帰すことなんてできるの？　前逢った時、《邪悪な竜》との戦いでボロボロになった大陸を治すために、力を殆《ほとん》ど使っちゃったっていってたじゃん。実際貴女は信じられる証拠を見せろといったみっちゃんに、力を見せることもできなかった』

　対し、ユグドラは頷く。

『はい。今の私はすでに身体と命を失った残留私念。残った僅かな魔力を食いつぶすだけの亡霊のような存在です。失った魔力は回復できない。だから皆さんに力を見せることができませんでした。あの時私には、自分の存在と引き換えに、皆さん七人をギリギリ元の世界に帰すことのできる魔力しか残っていませんでしたから』

　つまりあの場で司《つかさ》の求めに応じていたら、彼ら七人を還すことができなくなっていた。だから見せられなかったのだとユグドラは釈明する。

　そのうえで、

『でも、……今お二人をかなり力技で転移させたことで私は力を消耗しました。もう七人全員を私の力で送り帰すことはできません。だから、せめてお二人だけでもと……』

　そういうことかと忍は納得する。

　今頷けば、自分と暁は地球へ戻ることができる。

来たる桂音とリンドヴルムの攻勢に、地球の国家を巻き込んで備えることもできるかもしれない。

(それに、……たぶん桂音ちゃんは、向こうに残された四人も連れてくる。置き去りにはならないはずだよね)

だから選択肢としては、それもアリ、だ。

しかし、

忍にはもう一つ、頭に浮かんだ案があった。

『アタシ、こっちで情報収集を担当してたから、魔法についてもあれこれ調べたんだよね。そこからの推察なんだけど、魔法ってつまり、アタシらの世界で言われるところの『魂』とか『霊』とか、そういう目に見えないけど確かに存在して、物質に作用する力のことだと思ってるの』

この推察にユグドラは『正解です』と答える。

『私たちの世界の歴史でも魔法は科学の後に生まれました。その始まりは人間の命、科学では到達できなかった霊魂の研究からです。その研究を祖に、学問としての魔法は人間という『様々な物質の集合体』をミクロな世界から動かす力——つまりは精霊の存在と、それに干渉する方法を確立したのです』

それが魔法という技術の正体だとユグドラは言う。

『つまり……《邪悪な竜》を取り込んでものすごい魔法力を得たリンドヴルム皇帝は、本人が言うように永遠の治世を布《し》くことができるわけだね』

『はい。《御父上》の力だけでも千年は軽く。都度補給を怠らなければ、永遠を生きることができるでしょう』

圧倒的な力に、永遠な命。

まさに完全な王だと忍は思う。

しかし、その理屈ならば、

『だったらさ、……ユグドラさんの力で、リルルちゃんを生き返らせることはできないかな』

忍は恐る恐る、尋《たず》ねる。

緊張した面持ちで、答えを待つ。

これにユグドラは――頷いた。

『もちろん可能です』

「ッ――！」

『私という残留私念を作っている精霊を用い、リルルさんの肉体に魂という動力を再充塡《じゅうてん》すれば、彼女の意識は元に戻るでしょう。……もちろん、壊れた封印は元には戻りませんが』

『でもリルルちゃんが生き返るなら……ッ！』

ぜひそのために力を欲しい。

そう飛びつこうとした忍に、

『ただし』

ユグドラは待ったをかけ、言った。

『それをしたら私にお二人を元居た世界に戻す余力はなくなります。選べるのは、どちらか一つです』

◆◇◆◇◆

「リルルを生き返らせることができるの⁉」

忍は頷く。

「でも、そっちを選んだ場合はアタシたちだけ先に元の世界に戻るっていうのはできなくなる。だから暁ちんが起きるのをずっと待っていたの。これはアタシだけで決めていいことじゃないから」

「……忍はどうしたいの？」

「アタシとしては、ユグドラさんの残った力はリルルちゃんのために使いたい」

迷いのない表情で忍は応《こた》える。

「正直アタシと暁ちんだけで地球に戻っても、できることは限られてる。最低でもみっちゃんがいないと、国の皆に異世界のことを信じさせることも難しいからね。……それに、なによりリルルちゃんは大切な友達だから、このままにはしておけない」

そして自分の意見を言い切ったうえで、

「暁ちんはどうかな？」

暁に解答を促《うなが》した。

「ボクは………」

問われ暁はちらりとユグドラの方に視線を向ける。

戸惑《とまど》い。困惑。

彼の瞳《ひとみ》の中にある表情を見て、ユグドラは彼が今何を考えているのかを察した。

この願いはどちらを選び取ってもユグドラの消滅を意味する。

暁はそこに戸惑いを感じているのだ。

しかし、それはユグドラにとって無用のものだ。

『暁さん。私はもともと死人です。ただ輪廻《りんね》に逃れた《御父上》のことが気がかりで、霊魂としてこの地に根付いていただけ。しかし、その気がかりも予想だにしない形でなくなりました』

この世界の人間であるリンドヴルムが、逆に《御父上》を喰らってしまった。

もともとリンドヴルムは《御父上》を受け入れられるだけの器を持った、文字通り千年に一度の逸材《いつざい》だ。ユグドラたちが元居た魔法文明の世界で、《御父上》が千年に一度の逸材と言われていたのと同じように。

それを考慮すれば、ありえないことではなかった。

しかしそのありえなくないことを全く思慮《しりょ》に入れていなかったのは、ネウロたちはもちろんのこと、自分にも完全に限りなく近い存在として、この世界の人間を下に見る傲《おご》りがあったのだろうとユグドラは恥じる。

だがとにもかくにも、《御父上》の追放から始まったこの世界の外の因果、それはリンドヴルムの手によって断たれた。

結果としてリンドヴルムが《御父上》の力を継承することにはなったが、その力を行使する意思がこの世界で生まれた人間のものならば、その往く先に外の世界の存在であるユグドラが口を挟むのは、道理ではない。

少なくとも彼女はそう考えている。故に、

『もう私がこの地に留まる理由はありません。あとは残った力で、巻き込んでしまった貴方たちにせめてもの償いをしたく思います。どうか私のことはお構《かま》いなく、ご自身の心のままにおっしゃってください』

　ユグドラは暁にそう伝えた。

　優しい彼の罪悪感を、少しでも減らすために。

「……わかった」

　これに暁は頷いて、答えた。

「ボクも、リルルのために使ってほしい。リルルが死んだのが桂音のせいだっていうなら、なおさら放っておけないよっ」

　暁が自分の願いを口にすると同時に、それは起きる。

　エルフたちがかつて信仰の対象としてあがめていた大樹と、それが根を張るユグドラだった竜のミイラ。そのどちらもが翠色の輝きを発し、細かな燐光《りんこう》となって崩れ始めたのだ。

　そして剝落《はくらく》した翠色の燐光は吸い寄せられるかのようにリルルの身体に集まっていく。

　魔法のことは暁や忍にはわからない。

　だが、ユグドラだったものがリルルに吸い込まれていく光景に、それが始まったのだと感じ、悼《いた》むような表情で光の行方《ゆくえ》を見つめる。

　そんな二人にユグドラは、

『――ありがとう』

　心からの感謝を告げた。

『貴方たち七人は、本当に素晴らしい方々です。この世界の事情で一方的に呼び出したにもかかわらず、この世界の人々のために力を尽くして戦ってくれて、今も、私が重すぎる役目を背負わせたが故に殺された少女のため、私の力を使わせてくれた。貴方たちにはどれだけ感謝をしても足りません。貴方たちを育《はぐく》んだ世界は、とても素晴らしい世界なのでしょうね』

「そうでもないよ。……そうじゃないからこそ桂音ちゃんはああなっちゃったんだろうし」

申し訳なさそうに苦笑する忍。

だがユグドラはリルルの身体を借りて首を振って、そんなことは無いと否定《ひてい》した。

『いいえ。人が自らの生き方を、正義を、自分自身で考えることができる。そうしようとする気運がある。それは……とても素晴らしいことではないでしょうか』

ユグドラは千年もの間この地で見てきた。

人が、時に大きな過ちを犯しながらも、正しく、優しく、気高くあろうとする姿を。

どうしようもない悪性を有しながらも、それに打ち勝たんとする誇り高さを。

そんな姿をユグドラは愛していた。

だからこそ、思う。

『もはや私がこの世界の行く末に口を挟むのは筋違いですが、……それでもあえて願いを口にするならば、私はこの世界にも、そんな世界になってほしい』

強いられるのではない。

人が自らの意志と気高さによって、この世界から理不尽や不条理を少しずつ取り除いていこうとする。そんな世界に。

　そう最後に願いを口にして、

『貴方たちの往く道に幸多からんことを祈っています。——さようなら』


　ユグドラの身体は、そのすべてがリルルの中に吸い込まれて消えていった。

　同時に辺りを照らしていた翠色の光も失せて、——ぐらりと、力を失ったようにリルルの身体が傾き、座っていた木の根から滑《すべ》り落ちそうになる。

　忍がこれをとっさに受け止める。

　すると、

「…………あ、……れ…………」

　忍の腕の中で、リルルの瞼《まぶた》が再び開いた。

　その瞳の色は先ほどの緑ではなく——青空を写したような青。

　間違いなく、彼女たちの友人リルルのものだった。

「リルルちゃん！」

「……しのぶ、さん？　アカツキ、さんも…………」

「う、ううう～、うわぁぁぁ～～～～！」

息を吹き返したリルルの姿に暁は感極《かんきわ》まってわんわん泣きだす。

事情を理解していないリルルはこれにたいへん混乱した。

「アカツキさん……どうして泣いて………あれ？　そういえば私は、たしかリンドヴルム皇帝に……——わぷっ⁉」

「何があったかは後で全部話すよ。だから、今はすこしだけ、待って……～っ」

「……シノブさん…………」

忍の胸に苦しいくらい抱き寄せられるリルル。

普段飄々《ひょうひょう》としている忍の余裕のない姿。

これにリルルはよほどのことが起こったのだと察しつつ、震える忍の身体を抱き寄せたのだった。

◆◇◆◇◆

「そんなことが、あったんですか………」

富濃盆地で自分がリンドヴルムに殴《なぐ》られ気絶している間に起きた事。

そのすべてを聞いたリルルは、突き貫《ぬ》かれたという自分の胸に手をあてる。

そこに穴など開いていていない。

心臓も動いている。

でもそれはユグドラのおかげで治っているだけで、自分は確かに死んだのだという。

それも、……桂音の裏切りによって。

「ケーネさんが……私を………」

「そっか。リルルちゃんはあたしたちのなかでは一番桂音ちゃんといる時間が長かったんだもんね。ショックだよね」

「……はい。でも、すこし納得もしました」

「え？」

「治療を手伝う傍ら、ケーネさんがいつも悲しんでいたのは、何となく感じていました。いえ、怒っていた、という方が正しいかもしれません」

リルルは思い出す。

フィンドルフで、ギュスターヴで、そしてヤマトで――

リルルはいつも桂音と共に怪我《けが》をした人々の治療にあたっていた。

記憶のどの瞬間を切り取っても、桂音が浮かべているのは、患者に安心感を与えるための笑顔だ。

彼女はいつだって、まるで糊で貼《は》り付けたかのようにその笑顔を浮かべていた。

――でも、精霊の声を聞けるリルルは、桂音から漂《ただよ》う気配にその笑顔とは反対のものを感じていた。

　怒り。

　燃えるような怒りと悲しみを。

　あの時は、医者である桂音が目の前の惨状にそうした感情を覚えるのは当然だと、あまり深くは考えず、むしろそれを押し殺し笑顔を浮かべ続ける桂音を尊敬すらしていたが——

　桂音の抱えていた怒りは、自分の考えていたものよりもずっと大きかったようだ。

「あの人は……リンドヴルム皇帝の理想に、自分の答えを見つけたんですね」

　リンドヴルムの力による統一と、自分の技術による治療。

　その二つを以《もっ》て、誰もが損なわれることも傷つくこともない、完全な世界を作る。

　桂音は己の正義のために、リルルはもちろん、苦楽を共にしてきた仲間たちをも裏切ったのだ。

「あの、それじゃあここに居ない皆さんは……」

　不安げに尋ねるリルルに忍が答える。

「殺されてはないよ。人死《ひとじ》には桂音ちゃんも望んでないだろうしね。……ただ、ま、い、い、い、いかいかいうわけでもないと思う」

「です、よね……」

　桂音の理想が人間の生まれ持った悪性の治療というのなら、この場に居ない者たちは皆、それを施《ほどこ》されている可能性が高い。

林檎や葵、勝人《まさと》に――、リルルが想《おも》いを寄せる少年、司も。

「とにかくアタシたちは桂音ちゃんを何とかして、みんなを元に戻させないといけない」

「それなんだけどさ」

忍の語る方針に、まだ目尻の赤い暁が疑問をさしはさむ。

「確かに地球にボクと忍の二人だけで戻ってもできることがない、っていうのは同意なんだけど、こっちでも似たようなもんじゃない？　なにか考えはあるの？」

これに忍は答えた。

「まったくないわけじゃないよ。アタシたち《超人高校生》にはもう一人、頼もしい仲間がいるじゃん？」

「リルルのこと？」

「それも否定しないけど、《超人高校生》って枠組みでね。いるでしょ。あと一人――っていうか一台。アタシたちと一緒にこの世界に来た子がさ」

「あ、クマウサか……！」

「はい正解！　クマウサちゃんは林檎ちゃんの頭脳をベースに作られたＡＩ。能力は林檎ちゃんと殆ど遜色《そんしょく》がないの。だからアタシたちが今真っ先にすべきことは、クマウサちゃんに合流することだと思う」

「でも確かクマウサって《白虎関《びゃっこかん》》に残ってたよね。あっちは無事なの……？」

「大丈夫」

これに忍は頷く。

そこは暁が眠っている間にすでに調査を済ませていた。

「リンドヴルムは《邪悪な竜》を喰った後、その場で全員を降伏させて戦いを終わらせたの。そして《白虎関》に現れて、ヤマトに対して一ヵ月の猶予《ゆうよ》をもたせた全面降伏勧告をしたあと、どこかに消えた」

「消えたって？」

「アタシも聞き込みしただけで実際に見たわけじゃないから何とも言えないけど、《白虎関》で停戦命令と降伏勧告をしたあと、パッと、文字通り消えちゃったらしいのね。だからたぶん魔法で移動したんだと思う。でも移動先は予測は付くよ。たぶん新大陸だと思う」

リンドヴルムはあっちに自分の兵士たちの殆どを置いてきてた。

手近の騒乱を納めてから、そちらの収拾に向かったのだろう。

「アタシが《白虎関》にことの顚末《てんまつ》を調査しに行ったときにはもう、最低限の人員しかいなかった。そこの兵士さんたちの話だと、ヤマト首脳陣はリンドヴルムの降伏勧告のあと、救援に来ていたエルムの援軍と合流して、この猶予を使ってリンドヴルムにどう対処するかを協議するためエルムに向かったんだって。もちろんクマウサちゃんも」

林檎の聡明な頭脳をベースに作られたＡＩだ。

自分一人でこの状況をどうにかしようと無謀《むぼう》は冒さない。

「じゃあ目的地はエルム、ってことだね」

「うん。設備が何も無かったヤマトと違って、エルムには設備も人員も豊富にある。なにか現状を打開する方法が見つかるかもしれないしね。さあ、そうと決まればさっそく出発しよ！」

言って忍は木の根から腰を上げる。

だがその瞬間、

「――――あ、」

「忍⁉」

「シノブさん⁉」

ぐらりと、忍の身体が傾いた。

リルルと暁がとっさに支える、が――

「にゃはは……。だ、だいじょうブイ。ちょっと立ち眩《くら》み、しただけだから……」

「っ！　ちょっと忍！」

「シノブさん、ひどい熱じゃないですか……！」

忍の身体に触れた二人は気付く。

彼女の体温が異常に高いことに。

だが、それも当然だ。

忍は帝国でサスケと戦った時の負傷をまだまともに治療していない。

そのうえ、桂音の麻酔を麻薬に近い強心剤で無理矢理飛ばして、暁が眠っていたこの一ヵ月、後の計画を立てるため諜報活動に走り回っていたのだ。

いかな《超人ジャーナリスト》であっても、心身の限界点をとっくに通り越している。

強靭な精神力で表情にこそ出さなかったが体の方はもう誤魔化《ごまか》しが利かなかったのだ。

「ほんと大丈夫大丈夫。この猿飛家秘伝の薬を飲めばすぐ元気になるから」

「いやこんな状態でも元気になるってソレ絶対ヤバイクスリでしょ!? そんなの飲んじゃだめだよ!!」

「そうですよ！　無茶しないでください！」

「……今は、無茶しないと、でしょ。あれからもう一ヵ月。降伏勧告の期限はもうすぐそこだよ。エルムやヤマトがフレアガルドに飲み込まれたら、もういよいよアタシたちには打つ手がなくなっちゃう」

だからここは無理するしか無い。

忍はそういうと強心剤を取り出そうとする。

しかしその手を暁が摑《つか》んで、

「ね、ねえリルル！　ユグドラさんみたいに、テレポートとかできないの？」

リルルに問う。

魔法で瞬間移動できれば、ここで忍が無理をして自分で歩く必要がなくなるからだ。

しかしリルルは申し訳なさそうな顔で首を横にふる。

「ごめんなさい……。私にはまだ、ああいう不思議な移動方法や、遠くの景色を見たりする魔法をどの精霊さんにお願いすればいいのかがよくわからなくって……」

リルルはエルフの血で、この地に根ざした精霊と簡単な意思疎通《そつう》ができる。その意思疎通によって、大抵の魔法は『お願い』することで知識なしに扱えるのだが、反面リルル自身がイメージを持てないものは扱えないというデメリットがある。

つまり、風を巻き起こして皆を守るイメージや、火を焚《た》いて水分を飛ばすイメージなどは、リルルが今までの人生で経験してきた自然現象の一部なのでイメージも持てるが、時空間を繋《つな》げるような魔法は、どういうイメージを持ち、それをどんな精霊に『お願い』すればいいのかがよくわからず扱えないのだ。

しかし、

「あっ、でも！　ちょっと待ってください！」

ようはイメージさえできれば応用は幅広く効くということ。

だからリルルは、

「風の精霊さん、私たちを連れて行って！」

富濃盆地で葵を飛ばしたときと同じイメージを、風の精霊に『お願い』した。

　すると三人の足元でつむじ風が起こり、三人の身体がふわりと持ち上がる。

　三人はそのまま枝葉の天蓋を抜け、青空へ舞い上がる。

「うわー！　すごいやリルル！　これ、トリックなしなんだよね⁉」

「精霊さんのおかげです。これなら楽に移動できますよね。だからシノブさんは休んでいてください」

「そうだよ。エルムに着いたら起こしてあげるから」

　この二人の気遣《きづか》いに、忍は気が抜けたように微笑《ほほえ》んで、

「……えへへ。じゃあ、お言葉に甘えて。…………実はもうけっこー……シノブちゃん、いっぱいいっぱいだったんだ」

　言うと、暁に寄りかかるようにして――意識を失った。

　もう精神力だけで意識を繋ぎ止めていたのだろう。

　死んだように眠る忍の姿を見て暁は思う。

　本当に現状はひどい有様だと。

　まともに動けるのは七人のうち自分一人。

　忍以外の皆は捕まっていて、桂音に至っては敵対してしまっている。

　――七人全員で地球に帰る。暁がこの世界に来てからずっと抱いていた望みは、ずいぶんと遠のいてしまったように感じる。

「…………だけど」

暁はその希望をまだ捨てなかった。

暁はみんなのことが、それこそ桂音のことも、大切な友達だと思っているから。

今はこんなことになってしまっているけど、きっとまた仲直りできる。

仲直りできるよう、自分も頑張ろう。

そう彼は彼らしい純真な決意を胸に、エルムへと向かうのだった。

◆◇◆◇◆

その日、フレアガルド帝国ドラッヘンは大騒ぎだった。

長い遠征に出ていた新大陸遠征軍が、勝利を手に凱旋《がいせん》したからだ。

帝都の人々は彼らの帰りを割れんばかりの拍手で出迎える。

「やった！　これでついに戦争がおわるんだー！」

「おつかれさまー！　おつかれさまー！」

「皇帝陛下ばんざーい！　ばんざーい！」

戦争は国庫を圧迫し、国民に負担をかける。

悩みの種だった大きな戦争が幕を下ろし、帝都の民は皆歓喜の声を上げる。

そして、その中には——フレアガルド帝国によって無理矢理連れてこられ、重労働に就《つ》かされていた奴隷たちの姿もあった。

「よかった！　これでまた私たちも故郷の家族にあえるんですね！」

飛び跳ねて喜ぶ傷だらけの奴隷に、貴族と思わしき身なりの中年がこちらも喜色満面の顔で抱きつく。

「ああそうとも！　奴隷や貴族なんていうくだらない枠組みはもうなくなるんだ！　今まで君たちにはずいぶんとひどいことをしてしまったね！　本当に申し訳ないと思っている！」

「確かに貴方には息子を殺されたり、家族と引き離され、逃げないように足の親指を斬《き》り落とされはしましたが、すべては過去の事です。水に流しましょう。私たちは偉大なるリンドヴルム皇帝陛下の下で生きる仲間なのですから！」

「ああそうだな！　これからはみんなが皇帝陛下の民として平等で、公平なのだから！　皇帝陛下ばんざーい！」

「リンドヴルム王朝に永久の栄光あれー！」

いまだ血のにじむ生傷を抱えた奴隷と、それをつけた帝国人が、抱き合って許し合う。

共に戦争の終結と平和の到来を喜び合う。

心の底から嬉《うれ》しくて仕方がないといった、明るい表情で。

この帝都ドラッヘンのあちらこちらで当たり前に繰り広げられる光景に、凱旋した将兵や貴族たちは、——何かひどく恐ろしいものを見たような不気味さを感じた。

「……おい、街の様子をみたか？」

「ああ。なんで奴隷どもが貴族とあんなに仲良くしているんだ」

「リンドヴルム皇帝から何か説明はあるのだろうか」

騎士や貴族は街の様子に対する動揺を引き摺ったまま、謁見《えっけん》の間にたどり着く。

玉座の前に居並び、皇帝の到着を待つまでの間、困惑を口にする遠征軍の面々。

一人一人の声は小さいが、人数が百人近いと囁《ささや》きも馬鹿《ばか》にならない。

神聖な玉座の間らしくない騒がしさ。

だが、

「皇帝陛下のおなぁりぃッ！」

玉座の背後に居並ぶ親衛隊が喇叭《らっぱ》を鳴らし、主の到着を告げると、それは一瞬で収まった。

上手から外套をはためかせながら姿を見せる皇帝リンドヴルム。

皆すぐに口を閉ざし、場に膝をついて頭をたれる。

自分の足音だけが響く沈黙の中、リンドヴルムは玉座に腰を下ろすと、

「面《おもて》を上げよ」

自分の足元に集った臣下たちに言った。

「我が忠臣たちよ。此度《こたび》の大遠征、まことに大儀であった。決して少なくない犠牲を出すこと

にはなったが、得たものは非常に大きい。お前たちの献身こそが、この世界に未来永劫《みらいえいごう》の平和と安定をもたらしたのだ。自らが歴史に残した功を誇るがいい」

「「「ははっ！」」」

「我が《超人王》として覚醒《かくせい》を得た今、お前たちが戦場で戦う必要もない。装備を解き、家で家族とゆっくり過ごし、遠征の疲れを癒《いや》せ」

そう労《いた》わるような口調で告げると、リンドヴルムは口を閉ざす。

まるで、これで終わりだとばかりに。

――これに集まった者たちは困惑する。

当然だ。

ようやっと終わった長い長い戦い、それを彼らが死に物狂いで戦い抜いたのは偏《ひとえ》に、報酬を得るためだ。

主君のねぎらいの言葉だけで腹は膨《ふく》れない。

彼らは新大陸遠征で多くの財を消費した。

それを埋め合わせて余りある報酬がなければ報《むく》われない。

大貴族の一人が、探るような口ぶりで問う。

「あ、あの皇帝陛下。……恩賞の方は……その」

どうなっているのでしょうか。

恐る恐る尋ねる大貴族。

この貴族を後押しするよう、視線でリンドヴルムに問いかける一同。

これにリンドヴルムは言った。

「……お前たち貴族には本当に苦労をかけた。人の上に立つ能力も器量もないお前たちに、分不相応《ぶんふそうおう》な役割を担わせざるを得なかったのは、偏に我が力が不完全であったが故。……少しでも早く力の封印を解き完全な世界をもたらすため、新大陸の奴隷たちにもずいぶんと辛《つら》い想いをさせてしまった。だが――それももう終わりだ」

「は、はあ？」

「これより帝国は旧態依然とした身分制度の一切を撤廃《てっぱい》する。我という王ただ一人を除き、すべての民は、貴族も、平民も、奴隷も、誰も彼もがこの世界において平等となるのだ」

「「「っ⁉⁉」」」

「平等っ？　それはどういうことですか陛下！」

「ま、まさか、私たちが平民や奴隷と同じ立場になるとでも……⁉」

リンドヴルムの言葉。

これに集《つど》った騎士貴族の受けた衝撃たるや、すさまじいものだった。

無理もない。

恩賞を与えられると思って集まってみれば、与えられるどころか奪われる話になったのだから。

王の前だというのに立ち上がり声を荒らげるものが続出する。

だがリンドヴルムは顔色一つ変えず、淡々と彼らに言葉を返す。

「それがお前たちにとっても幸せだ。人の上に立つ器量というのは、天上天下《てんじょうてんが》にただ一人、このリンドヴルム以外持ち合わせておらん。お前たちには過ぎた荷だ。

……以前はこの忌まわしい身分制度も、封印の鍵《かぎ》を探すための国力維持に必要だったが、我が真なる力を手に入れた今ならその重荷をお前たちから取り払ってやれる。

もうお前たちは貴族ではない。貴族など、この世には存在しない。我が下で、平民だったものや奴隷だったものと共に、決して損なわれることのない平穏を謳歌するといい」

「ば、バカなっ！」

「御戯《おたわむ》れが過ぎますぞ！　陛下！」

「褒賞《ほうしょう》がないどころか、我々を貴族の位から落とすというのですか⁉　あんまりだ！」

「私たちが貴方に命ぜられた新大陸遠征で、どれだけの血を流したことか‼」

混乱と動揺は加速し、次第にざわめきは怒号へと変わっていく。

一人の怒号は他の者の怒りを煽《あお》りたて、たちまち謁見の間は怒鳴り声に包まれ、全員が今にもリンドヴルムに飛び掛からんばかりの形相で立ち上がった。

その瞬間、

「座ってろ」

「「「ッッッ～～～～～～～～～～～～～⁉⁉⁉」」」

リンドヴルムの口からその言葉が放たれるや、怒りのままに立ち上がった騎士貴族たちが全員床に跪《ひざまず》いた。

いや、潰《つぶ》れた、と言った方が適切だろう。

まるで天井《てんじょう》が落ちてきて押しつぶされたように、彼らは膝を屈したのだ。

一体何故。

この圧迫感はなんだ。

腰すら上げられぬ圧力に困惑する一同。

これをリンドヴルムは憐れみすら込めた視線で見つめ、言った。

「お前たちの狼藉《ろうぜき》を、我は許す。……それは罪ではない。お前たちが我の決定に納得できぬのは、お前たちが病を患っている病人だからだ」

「やま、い？」

「お前たちは過大な褒章や栄光を望むが、そんなものは本来、人間が幸福に生きるためには不必要なものなのだ。

金や宝石で己を飾る必要がどこにある。

命を削るほど飲み食いする必要がどこにある。

……まるで必要ではない。

人は日々の安全と、食事と、共に過ごす隣人がいれば、人はそれだけで事足りる。

だがそう思えないのは、『欲』という人が生まれ持った病が心を蝕《むしば》み、本当の幸福を見失わせているのだ。だから、今からそれを治療してやろう」

パチンと指を鳴らすリンドヴルム。

その合図を受け、玉座の上手《かみて》から彼と手を結んだ《超人医師》神崎桂音と、《超人剣豪》一条葵《いちじょうあおい》が、一同の前に姿を現した。

「では天使ケーネ。彼らを任せたぞ」

「はい。お任せくださいませ。さあ皆さん。すぐに良い子になれますからね」

「………………」

現れた二人のうち、葵が無表情のままスラリと刀を抜き放つ。

この行動に一同は騒《ざわ》めいた。

「な、何をする気だ女！」

「女の分際で帝国貴族を見下すなど……！　無礼討《う》ちにしてくれる！」

だが、

「っ!?　なんだ、これは、体が動かない……っ！」

立ち上がろうにも身体が動かない。

座ってろと言ったリンドヴルム。

その命令を身体は背《そむ》くことなく守り続けていたのだ。

心がいくら背こうとしても、体はいうことを聞かない。

そして、自分の身体に起こったこと。これから起こることに混乱する彼らに対して、桂音は言うのだ。

「なにも怖がることはありませんよ。皆さんにはこれから喜びに満ちた世界が待っているのですから。『欲』に振り回されることなく、愛する家族や友人と変わることのない平和の中で生きることのできる、そんな素晴らしい世界が」

満面に、患者を安心させるためのあの作り笑いではなく、己が内からにじみ出る喜びを抑えきれないとでもいうような、凶相《きょうそう》に近い笑顔を浮かべながら。


そうして手術は始まった。

人の生まれ持った悪性すらも治療し、無欲な人間に変えてしまう、限りなく神の領域へと近づいた《超人医師》神崎桂音にしか成し得ない手術が。

「ぁ……ぁぁ…………、っ」

その光景を柱の陰から覗《のぞ》き見ていたビューマの少年ニオ・ハーヴェイは、あまりの恐ろしさ

とおぞましさに言葉を失い、

「だめ、だ……！　あんなの…………っ！」

逃げるようにその場を後にする。

足早に。

しかし誰にも悟られぬように。

自分が今、最も信頼を置く人間の下を目指す。

「あんなの、間違って、います……！」

皇帝の凶行を止めなくてはと、大きな決意を胸に秘めながら。

◆◇◆◇◆

城内で噂《うわさ》になっていた。

あの《七光聖教》の天使たちが、ドラッヘンの王城地下牢に囚われていると。

ニオはそこを目指し、地下に入っていく。

もちろん地下牢への入り口には衛兵《えいへい》が立っているが――

「兵隊さんっ」

「ん？　どうしたボウズ？」

「中庭の噴水のところで具合が悪そうな兵隊さんがいて、助けてあげてほしいんです」

「何⁉　それは大変だ！　助けに行かなくては！」

このように、桂音によるオペを受けた衛兵はものの役に立たない。

中庭の噴水《ふんすい》までここから一〇分はかかる。

往復二〇分。

いや、いい子になった兵士はニオの嘘《うそ》を信じて病人を探して回るだろうから、もっと時間はかかるだろう。

ニオはその隙《すき》に地下牢へ続く階段を足早に降りていく。

そして、見つけた。

桂音によって『欲』を取り除かれ、四人の悉《ことごと》くが釈放された伽藍洞《がらんどう》の地下牢。

その一部屋に繋がれる、白髪の少年を。

「ツカサ様……！」

「――――！　ニオ君！　帝国へ戻ってきていたのか……」

鉄格子越しにニオの姿を認めた司が驚く。

「はい。皇帝陛下が新大陸からお戻りになられたので、それで。クランベリーはまだエルムに残っているみたいですけど。でもまさか帝国がこんなことになっているなん、て……？」

牢に駆け寄り、近づいたところでニオは気付く。

司の目が赤く充血していることに。

泣いている？

あの司が？

「何かされたんですか⁉」

驚き尋ねるも、司は「大丈夫だ」と言って目を拭《ぬぐ》い、

「……外で何があったのか、詳しく聞かせてもらえるだろうか？　私は目が覚めたらここに繋がれていて、状況が全くつかめていないのだ」

拭われた司の瞳には確かな知性の輝きがあった。

桂音の手術を受けた帝都の人間たちとは違う。

どうやら彼は正気を保っているらしい。

ニオはそう判断し、

「わかりました」

地上で何が起きているかを話した。

皇帝が人間の枠を大幅に超越した力を手にしたこと。

その力を背景に、あらゆる身分差を撤廃《てっぱい》し、不平等を生む競争の原因になるあらゆる財産と娯楽と学問を没収し始めたこと。

これらの環境に適応させるため、国民に次々と桂音による手術が行われていること。

そして、その結果として今ある、奴隷と貴族が許し合い笑い合う歪《いびつ》な平和のこと。

三日前ドラッヘンに戻ってきた自分が見た光景のすべてを。

「新大陸遠征から戻った大貴族や騎士の方々も、先ほどケーネ様の力によって変えられてしまいました……」

「……そんなことになっていたのか」

ニオから聞かされた地上の状況に、司は呻《うめ》く。

「まさか桂音君がここまでのことをしでかすとは」

彼女が誰よりも争いを嫌悪し、傷つけあう人々を憂《うれ》いていることはわかっていた。

しかし、それを是正《ぜせい》するためにこれほどの行動を起こすとは、万事に備えをかかさない司を以《もっ》てしても予想できていなかった。

人間の原罪を修正し、――神になり替わろうとすることまでは。

「これもまた、桂音君が真に超人たる所以《ゆえん》、なのだろうね」

いつか葵が言っていた。

世に超人と呼ばれる自分の限界を知るのは、自分ただ一人だと。

桂音もまたそうなのだろう。

「……すまない。ニオ君。私たちの仲間がとんでもないことをしでかしてしまった。この世界から早晩《そうばん》去る身として、この世界の人々の意志に依《よ》らない行動は慎むべきだというのに」

司の謝罪にニオは首を横に振る。

「いえ……それはツカサ様が謝るようなことでは……。それにともすれば帝国は、今まで以上に良い国になろうとしているのかもしれません」

ニオは思い出す。

まだエルムで国政選挙が行われるよりも前。

司と語った、誰もが飢えることも、理不尽に殺されることもなく、助け合い、支え合い、幸せに生きられる時代の話を。

あの時、二人はそれが人の身で成し得ることなのかどうか。

ただの夢物語ではないのか。

それについて明確な回答を持てなかった。

だが、

「そして帝国は今、皇帝陛下という唯一無二の支配者の下、その夢物語を現実のものにしようとしています。帝都がまさにそうです。手足や家族を奪われた奴隷と、それを奪った貴族がまるで本物の家族であるかのようにお互いを思いやり、許し合い、笑い合っています。身分の差も、憎しみも、争いも、何もない完全な世界。間違いなく、帝国はそれに近づきつつある。だけど、だけど……」

ニオは言いよどむ。

そして、困惑と混乱に乱れた瞳で司を見た。

「そうあってほしいと思っていたはずなのに、いざそれを目の当《ま》たり《あ》にすると、ボクには……皇帝陛下とケーネ様の、あのお二人のなさっていることが、とてもおぞましいものに思えてならないのです……っ」

「ニオ君……」

それは、ニオが『欲』を人の本質と受け入れた上で、それでもより多くにとって最善を選び取ろうと誰よりも苦悩してきた司の姿を近くで見てきたからだろう。

どれだけ必死に頑張っても、どうしようも無く零《こぼ》れ落ちて行ってしまうすべてを忘れない、そんな司の一個人を超えた『権力』を持つことに対する責任感に憧《あこが》れたからだろう。

ニオには、皇帝たちのやりようが粗雑で稚拙《ちせつ》に思えてならないのだ。

「だからボクはここに来ました……。事はあまりに大きすぎて、ボク一人では何もできません。ツカサ様の力をお借りしたいんですっ」

言うとニオは看守室からくすねてきた鍵を取り出す。

そして牢の鍵を開こうとした。

そのときだった。

「それはいけませんわねぇ」

ニオが降りてきた階段の上から、声が降ってきたのは。

◆◇◆◇◆

「ッッ‼‼」

ビクン、とニオの身体が跳ね、耳の毛が逆立ち、尻尾《しっぽ》が一回り太くなる。

くるりと振り返り、青ざめた顔で見上げる先。

ヒールを鳴らしながら、石造りの階段を血に汚れた白衣の美女が降りてきた。

《超人医師》神崎桂音。

そしてその背後に無言で追従する、《超人剣豪》一条葵だ。

「お久しぶりです。ニオさん。帝国にお戻りになられていたんですね」

「あ、あぁ………」

一番出会いたくない人物に出会ってしまった。

ニオは蛇に睨《にら》まれたカエルのように動けなくなる。

だが一方で桂音の方はニオのことを特に気に留めた様子もなく、牢につないだ司に視線を移動させた。

「司さんもお久しぶりです。もう傷は痛みませんか？」

労わるような口調で尋ねる桂音に、司は鋭い視線を返す。

「……ニオ君から地上で起きていることは聞いたよ。すごいものだね。《超人医師》というのは。人格すらも自在に変えてしまえるものなのか」

「まさかまさか。それは思い違いですわ」

司の言葉を桂音はとんでもないと否定する。

「わたくしは皆さんの人格にまでメスは入れておりません。わたくしが取り除いたのは皆さんの病。心を蝕《むしば》む『欲』という病だけなのですから。それを治療したことで人格が変わったように見えるのは、それだけ人間という生き物が『欲』という病に振り回されていた証拠。むしろ、これが本来の姿なのです」

「……君はこの世界の人々や地球の人々を、全員治療する気なのかね。ずいぶんと壮大な夢だ。一度の人生でやり切れるとは到底思えないが」

「やり切りますわよ。わたくしは。今のわたくしにならそれができる。なにしろコレのおかげでもう最近は睡眠を必要としませんし、施術《せじゅつ》の速度もずいぶんと上がりましたから」

言うと桂音は纏《まと》っていた白衣をするりと脱ぐ。

あらわになる白い肌。

それをみて司とニオは息を呑《の》んだ。

桂音の下腹部に、黒い結晶が埋め込まれて、根を張っていたからだ。

《賢者の石》

肉体を強制的に進化させる《邪悪な竜》の細胞だ。

「……無茶なことを」

「なんてことありませんわ。わたくしはリルルさんを見殺しにした。なのに自分の命は張れないなんて、そんな話はないでしょう？　わたくしはどんな手段を使ってでも、人類全員の治療をやり通しますわ。人々が本来の美しく、気高く、優しい存在に戻るためには、わたくしの手術が必要なのですから」

言うと桂音は司を見つめ、目を細める。

松明《たいまつ》の明かりしかない地下牢で眩《まぶ》しそうに。

「……そう、それは必要不可欠。だからこそ、わたくしは驚いています。畏敬《いけい》を感じています。

《超人政治家》御子神《みこがみ》司という存在に」

「どういう意味だろうか」

「貴方だけは、わたくしのいい子になるオペを三度受けても何一つ変わらなかった」

「……えっ⁉」

この桂音の言葉にニオがぎょっと目を剝《む》く。

彼は司が手術を受けていないと思っていたからだ。

「……ずいぶんと私は重篤《じゅうとく》な患者のようだね」

「そしてその様子だと、四度目もまた結果は同じようですわね。これはすごいことです。『欲』がない人間なんてありえない。それは神が人間に与えた生まれながらの欠陥なのですから。そう思っていましたが……司さん。貴方は違った。貴方こそまさに無私の人。民主国家の《超人政治家》と呼ばれるにふさわしい高潔な人物ですわ」

「………」

「そして、そんな貴方だからこそ、わたくしに協力してほしいのです。……他の皆さんと同じように」

「……皆、ということは、やはり私と同じ処置を他の皆にも行ったのか」

この問いに、桂音はとても嬉しそうな微笑を浮かべながら、深く頷く。

「はい。皆さんはとってもいい子になって、司さんより一足早く、わたくしに協力してくれていますよ」

◆◇◆◇◆

フレアガルド帝国東部から東の海を東進したところにある、複数の島とそこを支配する豪族の合議制により維持されている連合国――ラカン群島連合。

先の合同会議によりラカン群島政府の新総長に選ばれたビューマの女性リー・シェンメイは、帝国との玄関口にもなっている港で慌ただしく馬車を降りた。

そこにはすでに大勢の兵士たちが集まっていて、彼女の姿を見つめるや敬礼する。

「総長！　おつかれさまです！」

「挨拶《あいさつ》はいらへん！　状況はっ！」

シェンメイは急《せ》かす。

その表情にはいつもの底知れぬ余裕はなかった。

無理もない。

今ラカン群島連合は、かつてない異常事態に見舞われていたからだ。

「哨戒艇《しょうかいてい》の報告によると帝国の旗を掲げた軍艦約五十隻がこの港に近づいています。じきに肉眼でも確認できる距離にまで迫るかと」

シェンメイの催促《さいそく》に応じ、この港の守備を任されている髭面《ひげづら》の将軍が状況を伝える。

これにシェンメイは歯ぎしりをした。

近年、フレアガルドとラカンはある程度の緊張状態は保ちつつも、致命的な衝突だけは避けてきていた。

その関係が今日、唐突《とうとつ》に急変したのだ。

五十隻もの軍艦による大襲来。

シェンメイの表情も否応なく険《けわ》しくなる。

「迎撃準備は？」

「整っています。許可をいただければ、いつでも」

「ッ……、」

いつでも戦端を開ける。

港を一望すれば、すでにいくつもの大砲が倉から出され湾を囲んでおり、また軍艦もこの港に集結しつつある。

五十隻は強大な力だが、それでも群島という立地上、海洋国家として進化し続けてきたラカンの敵ではない。

軍艦で退路を断ち、湾で集中砲火を見舞えば、一日とかからず殲滅《せんめつ》できる。

シェンメイが決断を下せば、すぐにでも。

しかし、シェンメイは考える。

今回が上手《うま》く行っても、――次はどうだ？　と。

五十もの軍艦を海に沈めれば、もはやフレアガルド帝国との関係は決定的に破局する。

フレアガルド帝国と、国を挙げての戦争になる。

先日ついに新大陸のすべてを手中に収め、あの《七光聖教》すらも吸収した大軍事国家と。

怒れる竜を敵に回して、生き延びられるだけの力がラカンにあるのか。

それを思うと、シェンメイも軽々《けいけい》に攻撃命令は出せないのだ。

「そして、総長、もう一つ最新の報告が」

「なに？」

「斥候《せっこう》の情報によりますと、帝国の海軍を指揮している人物は、一ヵ月前に消息を絶った総長補佐らしいのです」

「なんやて……!?」

その報告にシェンメイが目をむくと同時に、それは聞こえてきた。

『あーあー。こちらラカン群島政府総長補佐・真田《さなだ》勝人。ラカン群島政府総長補佐・真田勝人。攻撃するな。オレは敵じゃない。繰り返す。こっちに敵意はない。軍艦を下げて、港を空けてくれ！』

遠く水平線の向こうから声が響いてくる。

勝人の声だ。

拡声器により若干《じゃっかん》ノイズ混じりになっているが、聞き違《たが》えるほどではない。

開港を促《うなが》す勝人の声に、港の守備兵たちがざわめく。

シェンメイの隣に居た髭《ひげ》の将軍も、青ざめた顔でぎょっと目をむいていた。

「なんだ、この大きな声は……っ」

「巨人や！　こんなデカい声を出せるのは巨人しかおらへん！」

彼らにはこの人間離れした巨大な声が脅威なのだ。

「おちつきぃ。これはアカツキの奇跡や。声を広範囲に届ける奇跡。エルムに行った時、そのための角笛みたいな設備が町中にあったわ」

一方シェンメイだけは以前通商会議でエルムを訪れたとき、公共放送端末兼ネットワーク設備のオベリスクを見ている。

だから皆に落ち着くよう促して、考える。

「でもマサトはエルムと袂《たもと》を分かったはず……」

何故勝人がエルムの設備を持って、帝国の船に乗ってラカンに戻ってきたのか。

彼に貸し与えるという名目で付けていた《青龍幇》からの定期連絡が途絶えていた一ヵ月間に、一体何があったというのか。

それも含めて、彼を今すぐ攻撃すべきなのかどうかを。

だが、

『今日は帝国からラカンに素晴らしい土産を持って帰ってきた！　お前たちもきっと気に入ってくれるはずだ！　港を空けてくれ！』

状況はシェンメイの熟考を待たなかった。

勝人が拡声器越しに言うのと同時に、港から望む水平線に彼が連れてきた大艦隊がせりあがってくる。

現れるのはフレアガルド帝国の紋章を描いたメインセイル。

それが見えた瞬間、港の兵らは目前に迫る軍事衝突の緊張感に息を呑む。

——が、

「お、おい、あれ！」

「なんだあッ⁉」

直後、その緊張すら忘れるほどの驚きに兵たちはどよめいた。

いや、兵だけではない。

シェンメイ自身も、唖然《あぜん》と水平線を見つめる。

だがそれも当然で、

「嘘だろおいおい！　あの船、全部キンピカやんけ！」

そう。

現れた帝国の軍艦。

そのことごとくが太陽の下、下品なほどに輝く金色に塗装されていたからだ。

しかも絢爛《けんらん》豪華なのは外見ばかりではない。

「船には財宝も乗ってるで！　す、すげえ！」

「もしかして、あれが総長補佐の言う土産か⁉」

「貸しぃ！」

シェンメイは兵から望遠鏡を取り上げ、のぞき込む。

彼らの言っていたことは本当だった。

現れた黄金の軍艦には、山のような金銀財宝が積まれている。

これにシェンメイはいよいよ混乱した。

勝人がラカンから傭兵を連れて帝国へ渡ったのは、ネウロに取り入りつつ、ベーシックインカムという彼らの来た世界の笑い話を挫くためだと彼女は聞いていた。

そしてシェンメイもその動きに便乗《びんじょう》し、勝人に《青龍幇》を紹介し、彼らを使って帝国が勝ちすぎないように帝国とヤマトの戦争に介入するつもりだった。

……それが、なぜこんな結果を生んだ？

あの金銀財宝は一体なんだというのだ。

優れた商人であるシェンメイにとって、出所のわからない大金ほど恐ろしいものはない。

「総長。どうしますか？」

「……武器を積んでいるようにみえるか？」

「い、いいえ。みたところ、船には金銀財宝以外なにも積んでいないようです」

シェンメイが見る限りもそうだ。

勝人は五十隻の船に財宝だけを乗せ、武装を一切乗せていない。

ならば、

「わかった。通してええ。本人に直接何があったか聞こうやないか」

それが一番手っ取り早い。

シェンメイはそう判断し、勝人の連れてきた船団を湾内に素通しすることを許可した。

◆◇◆◇◆

こうして、勝人が引きつれてきたギラギラと輝く黄金の船団は、砲火を交えることなくラカンの湾内に侵入する。

その様子を高台の上から褐色の肌の少女が見ていた。

勝人の下で商売を学んでいたビューマの少女、ルーだ。

「せ、センセー……！」

ルーはつぶやくと港に向かってかけだした。

港周辺は金ピカの船を見るために集まったやじ馬や、防衛のために展開していた兵士でごった返していたが、ルーは小さな体を生かし、器用にこれらの間をすり抜けて走る。

そして、
今まさに、港に降り立った勝人が見える場所までたどり着いた。

「センセー!!」

「な、なんやこのガキッ!」

「勝手に入ってくるんじゃない!」

そこで周囲を固めていた兵士に捕まってしまうが、

「放したりぃ。その子はマサトの連れや」

丁度近くに居たシェンメイの口添えあって、ルーは解放された。

ルーはまるで数か月ぶりに帰ってきた主人を迎える犬のように尻尾を振りながら、勢いよく勝人に飛びつく。

「センセー! よかった! 無事でよかったんだよーッ! ラカンの人にきいても、どこにいったかわからないって言われて……!」

「おー、そりゃすまねえな。心配させたか」

「したよぉぉ~!」

ルーは勝人のスーツを握りしめながら涙を流す。

これに勝人はルーの頭を優しくなでて宥《なだ》めた。

「まあ色々ごたごたしててな。でも大丈夫だ。この通りピンピンしてる。ルー子の方はどうだ？　ちゃんとおつかいは済ませられたか？」

　おつかい。

　その言葉にルーの表情が一度パァっと明るくなり、だがすぐに複雑な、まるで奥歯に何かが挟まったようなものに変わる。

　勝人の言うおつかいとは、彼がラカンの人脈を駆使して探してくれたルーの両親を、彼らの現在の所有者であるラカンの豪族から買い戻すことだ。

　しかしそのために勝人が与えた資金は成人女奴隷一人分。

　これだけでは母親しか買い戻せない。

　ならばどうするか。

　とるべき行動を、勝人は彼女が自分の手元にいた間に教えている。

　金が足りないなら、今ある金を元手に増やせばいい。

　そしてルーはまさしくその通りに行動した。のだが――

「う、うん。二人とも、ちゃんと取り戻せたよ」

　歯切れの悪い言葉を返す。

　……確かに取り戻すことはできた。

　しかしその顚末《てんまつ》は、彼女が思い描いていた、勝人に対して胸を張って報告できるものとは少し違っていたからだ。

「ルーね、がんばったんだよ？　センセからもらったお金さんじゃおかーさんしか買えなかったから、おとーさんも買えるように、ルーねっ、がんばってもらったお金さんを――」

だが、

「ああいや、ルー子の父ちゃんと母ちゃんが無事なら、過程の話はどうでもいいんだ」

勝人はこのルーからの報告を聞かなかった。

い、い、い、
どうでもいいと。

そう言い捨てて。

「…………え？」

「つーかオレも気が利かねえよな。母ちゃんしか買い戻せない額しか渡さないなんて。すまねえなルー子。あの時の俺はどうかしてたぜ」

「え？　え？　セ、ンセ？」

勝人の言いようにルーは混乱する。

ルーは勝人があえて母親しか買い戻せない金を与え、自分にこの一年の集大成を見せろと迫っているのだと、そう解釈していたから。

でもそうではなかったのか。

金額が少なかったのはただのミスなのか。

（そんなこと、ないよ）

ルーは自らの考えを否定する。

勝人がそんな手落ちをするはずがない。

あれは自分に対する試練。彼の下で学んだことを生かせという試験だったはずだ。

ルーはそう確信している。

だとしたら、

「センセー、どう、したの？」

何故そんなことを言うのか。

ルーは心配げに問いかける、が、

「マサト。雑談もほどほどに説明してくれへんか。この事態を」

二人の会話にじれたシェンメイが割り込んだ。

彼女は兵を背後に引き連れ、勝人の前まで歩いていくと、顎《あご》で湾の中の黄金の船団を指す。

「なんやのこの趣味の悪い船。それに宝の山。アンタは確かツカサっちゅう天使と取引するために帝国にいったんよな？　それがなんでこんなことになってんの？　一から全部説明してくれへん？」

　この求めに勝人は頷く。

「ああもちろん説明するぜ。ただその前に、先に帝国から持ってきた土産を渡したい」

「なら財宝を下ろすのは兵士たちにやらせたらええ。アンタはちょっと群島連合政府まで付き合ってや」

「いや、あの財宝は土産じゃないぞ」

「え？」

「俺が持ってきたのはもっとイイもんさ。――準備は出来たか？」

勝人は背後――すなわち湾の方を向いて確認をとる。

「いつでもいけまっせー。総長補佐殿」

これにいつの間にか湾内に停泊する船から降りて、小さな手漕《こ》ぎボートに移っていた水夫が答えた。

「なんや。なんでみんな、船から離れてるんや……？」

湾内の動きに困惑するシェンメイ。

その隣で、

「よーく見ておけ。これが俺の土産だ」

勝人がパチンと指を鳴らした。

――その瞬間、

「きゃあああっ⁉⁉」

「な、ぁあーーーーッ⁉⁉」

轟音《ごうおん》と閃光《せんこう》が、ラカンの港町を揺らした。

爆発したのだ。

湾内に停泊していた金ピカの軍艦五十隻が、一隻残らず。

ごうごうと燃える炎に包まれ、次々に沈んでいく船。

その意味不明すぎる光景にシェンメイは一瞬呆けるが、すぐに我を取り戻し、勝人に何のつもりか詰め寄る。

「あ、アンタなにをやっとるんや⁉ あの船の中には山ほどの財宝が……！」

このシェンメイの詰問《きつもん》に、

「古いぜ、お姉さま！」

勝人は答える。

「⁉」

「金、銀、宝石、何もかもが古い！ もう役割を終えた旧時代の遺物《いぶつ》なのさ！

そんなもんを稼《かせ》ぐために命を削るなんて馬鹿げてやがる！

これからの時代は金じゃねえ！

ラブ&ピースだぜっ！

俺は臭《くさ》い生き方をしている商人の国ラカンのお前たちに、フレアガルドから新しい時代を手土産に帰ってきたのさ‼　アーハッハッハ‼」

この世で一番彼に似合わぬ言葉を、同じく彼に似合わぬこの世のすべてを慈《いつく》しむような溌剌《はつらつ》とした笑顔で。

◆◇◆◇◆

勝人がラカンに現れたのとほぼ同時刻。

エルム共和国の方でも、騒ぎが起こっていた。

この時期、エルムはヤマト遠征軍と共に帰ってきたカグヤらヤマト首脳陣と、一ヵ月の期限を切って降伏勧告を下してきたリンドヴルム王朝にどう対するかを協議していた。

いや、どう対するか、という方針自体のコンセンサスはすぐに取れた。

降伏はしない。

ヤマトにしろエルムにしろ、一度得た自主独立を捨て再び帝国に下る意志は微塵《みじん》もなかったからだ。

故に議論の主題になったのはどう抵抗するかである。

武力を用いるのか、話し合いか、話し合う場合どこまでの妥協を許すのか。

両国は連日連夜この協議を行い、これに並行し武力衝突に至った場合に備え、全工業力を軍拡に傾け、軍隊の近代化を推し進めていた。

――そんなときだった。

エルムのあちこちに点在する発電所。

そこから工業設備への電力供給が一斉に途絶えたのは。

このトラブルにエルム国民議会はすぐに対応。

クマウサによって育てられた技師たちに発電所の修理を命じる――が、

「壊れていない、でありますか？」

「ええそうなんですよ」

エルム首都ダレスカフで軍拡の指揮を執《と》っていた国防大臣テトラの下にやってきた技術者の代表は、首をひねりながらそう報告した。

「発電所から続く基幹送電網も人海戦術でチェックしたんですけどね、これがどこも壊れてなんておらんのですわ」

「壊れていないのに、電力供給が止まっている、と？」

「ええまさしく。発電所も通常運転を続けておりますし、何が何やら……。クマウサ先生。先生なら原因がわかったりしませんか？」

言って技術者はカグヤやエルクと共にダレスカフに戻ってきていたクマウサに水を向ける。

この問いかけにクマウサは、

『ハードエラーじゃないとすると……ソフトクマ？』

考えるも、流石にそれはないだろうと否定する。

何故ならこの世界でいうソフトとはすなわちクマウサＡＩのことだからだ。

《超人発明家》の頭脳をベースに作られた超高性能ＡＩである自分が、そんな単純なミスを犯すはずがない。

クマウサはそれに確信を持っている。

それこそハッキングでもされない限りは――

『……まさか』

人工知能に過ぎる一つの可能性。

まさかと思いながらも、クマウサはエルム中に点在する通信端末《オベリスク》からネットワークにアクセスする。

そしてしばしのちディスプレイに驚きの表情を表示した。

『……っ！　そんな！　ネットワーク経由で発電所の緊急安全システムにハッキングが仕掛けられてるクマ！』

「ハッキ、ング？　とはなんなのでありますか？」

「確か遠隔操作で機材のコントロールを奪うこと、でしたか?」

技師の解答にクマウサは頷く。

『そうクマ! 電力制御中枢を担ってるクマウサAIが乗っ取られてるクマ!』

クマウサや林檎はエルムの技術者たちに、《超人高校生》たちがもたらした近代工業設備に対する知識を与えるよう努めてきたが、やはり一年未満の短い時間ではどうしてもおぼつかない部分が出てくる。

これを補うために、林檎は各地の主要設備・施設のすべてにクマウサAIを導入。

自分たちがこの世界を去った後も、彼らを引き続き教育できるようにすると同時に、クマウサAIにインフラの管理者権限を握らせ、もしもの時の大事故を防ぐ安全弁として機能するように設備設計していたのだ。

その安全弁であるクマウサAIが、何者かに乗っ取られた。

つまり停電は、人為的なトラブル――否《いな》、攻撃だったのだ。

それを聞いた帝国の留学生・クランベリーは表情を曇らせる。

「もしかしてもしかすると、それは帝国の先制攻撃なのですか⁉」

この言葉に周囲にいたテトラたちの表情が強張《こわば》る。

だがクマウサは『違うクマ』とすぐに否定した。

何故なら、

『クマウサは《超人発明家》のリンゴちゃんが自分の頭脳をベースに作ったAIクマ。そのクマウサをハッキングできるのは、この世に一人しかいないクマ……！』

「っ――！」

一人しかいないそれが誰か。

言われるまでもなくクランベリーは理解した。

彼女は飛びつくようにクマウサのボディであるリュックに飛び乗る。

「クマウサ様！　ハッキングを仕掛けてきている相手の場所はわかるですか⁉」

『もうすぐ逆探知できるクマ！　場所は、――この街のＢ４３地区の通信設備《オベリスク》からクマ！』

「わかったなら急ぐのですよっ！」

『ガッテンクマ！』

言うとクマウサは背中にクランベリーを背負ったまま防衛庁舎の窓から街に飛び出す。

そして空中でマニピュレーターの先端を高速移動用のホイールにチェンジ。

着地と同時に目的地目指して走り出した。

道を、塀を、ときに屋根を駆け抜け、最短距離で。

程なく一人と一基はダレスカフＢ４３地区にたどり着き、交差点の中央、通信設備の足元にいるハッキングの犯人を見つける。

それは、クマウサとクランベリー双方が思い描いた人物に相違なかった。

『やっぱり……っ！　リ、リンゴち、ちゃんッ!!』

「――――！」

呼びかけに、通信端末にノートPCを繋《つな》いでハッキングを行っていた大星《おおほし》林檎がゆっくりと振り返る。

そして、

「あー！　クマウサだぁー！　ひさしぶり！　意外と早かったねー！」


輝くような笑顔でクマウサとの再会を喜んだ。

「クランベリーさんも久しぶりだねー！　帝国には戻らなかったんだ！」

「え、ぁ、はい、なのです」

『リンゴちゃん、どうして今まで連絡をくれたかったクマ？　ケガとかしてないクマ？』

「待つのですよクマウサ様！」

クマウサはようやく再開できた主に近づこうとする。

これをクランベリーが制止した。

「なんだか様子がおかしいのです！　そもそもどうして天使様がエルムを停電にする必要があるのですか！　今の天使様はとってもとっても変なのですよ！」

『た、確かにそうクマ』

クマウサはその忠告で立ち止まり、改めて林檎に問う。

『リンゴちゃんが、ここからハッキングをしてたので間違い無いクマね？　どうしてこんなことをしてるクマ？』

「え？　そんなの、決まってるじゃない。——こうするためだよ」

クマウサの問いに林檎はそう言うと、通信端末に優先接続したＰＣのキーを叩いた。

その直後だった。


山が崩れるような轟音が遠雷のように響き、エルムの大地を揺らしたのは。


「ななな、なんの音なのですか⁉」

尋常ではない破壊音に狼狽《ろうばい》するクランベリー。

その視界がはるか遠くに立ち昇る黒煙を映す。

「これは、噴火なのです！」

『っ！　違うクマ！』

即座に否定するクマウサ。

クマウサには今の音の正体がすぐにわかったからだ。

クマウサＡＩ同士を繋ぐネットワークを通して入ってきた、非常警報によって。

『これは……！　エルムの核ミサイル施設がすべて自爆してるクマ……ッ‼』

そう。

今の爆発音は、エルムに残された核ミサイル全基が一斉に自爆した音だったのだ。

もちろん、そんな指示が出せるのは、この世に一人だけ。

『これも、リンゴちゃんがやったクマ……？』

「うん。そうだよ」

恐る恐る尋ねるクマウサに、林檎は底抜けに明るい声で肯定を返す。

「電力制御中枢へのハッキングを囮《おとり》にして、各地のミサイル施設の制御ＡＩを乗っ取ったの。だってあんな危ないもの、この世界に存在しちゃいけないもの」

『な、なんてことをしてるクマ⁉』

「安心して。ミサイル施設は無人だから。巻き込まれてる人はいないよ」

『そ、そういう問題じゃないクマ！』

林檎の言う通り、ミサイル施設はすべてクマウサＡＩで管理されており、この世界の人間の立ち入りを許していない。

だから今の爆発に人が巻き込まれたということはないし、自爆処理による破壊で放射能がまき散らされるということもない。

そんなのは林檎に言われるまでもなくクマウサもわかっている。

クマウサがなんてことをと言ったのはそういうことではなく、皇帝との対決を目前に控えたエルムサイドの抑止力を放棄したその行動に対してである。

『今のタイミングであれを放棄したら、皇帝はどうするんだクマ⁉　抑止力がないと向こうはやりたい放題クマ！　とっても不利クマ！』

だがこれに林檎は、

「大丈夫。だってあの人は敵じゃないもん」

クランベリーとクマウサ、共に言葉を失うほどの返答を寄越《よこ》した。

『え……？』

「私たちが倒さなきゃいけない敵はリンドヴルムさんじゃないんだよ。私たちが倒さなきゃいけないのは、人の欲を必要以上に増長させる『科学』なんだから」

『リ、リンゴちゃん……？』

「科学を、倒すって……天使様は、なにを言ってるの、ですか……？」

「科学はたくさんの人を殺すんだよ。いつの時代だってそう。この世界だってそう。それはクマウサも知っているでしょう。

人の世のために進歩した科学で、どれだけたくさんの人の命が失われたか。

科学なんて人殺しの道具でしかない。

毒が生まれなければ、
銃が生まれなければ、
電気が生まれなければ、
この世が原始時代の文明水準のままだったら、どれだけたくさんの人たちが死なずに済んだか。そんなものはこの世にあっちゃいけないの。全部全部根絶《ねだ》やしにしないといけないの。だからね。――クマウサ、貴方もこの世に存在しちゃいけないんだよ。だからね」
言うと林檎はあらゆる工具となる自身の発明品――『万能手袋』を起動。
淡く光る指先を動かしてクマウサに告げる。
本当に、本当に明るく晴れやかな口調で――
「さあクマウサ。こっちにおいで。スクラップにしてあげる」

◆◇◆◇◆

「人ひとりの手に余る金銭を求める物欲。ひとりで時代すら変えてしまうほどの知識欲。あのお二人の症状は重篤でした。

ですがわたくしの手術によって病から解放され、今はわたくしと共に、この世界の人々を救うため活動してくださっています。

我欲《がよく》に溺《おぼ》れ、いたずらに争いの原因を作り出してきたこれまでの生き方を悔《く》い、お二人がご自分で申し出てくださったのです。今頃《いまごろ》はラカンとエルムを説得してくれていることでしょう」

桂音は手を伸ばし、ニオが牢の鍵穴に差し込んだままにしていた鍵を回す。

そして繋がれたまま座り込む司の前に立つと、彼女は膝をかがめ目線を合わせる。

「司さん。あの富濃盆地で勝人さんと行った問答。貴方はいいましたよね。人の本質は『欲』だと。でもそれは誤りです。人の本質は『愛』。『欲』など神の不手際《ふてぎわ》によって生まれた欠陥――病に過ぎません。

わたくしの医術によってその病を治療し、『欲』に隠れていた『愛』を浮きだたせる。そしてリンドヴルムさんの武力によって富や学問といった不平等の原因となる一切をこの世から消し去り、すべての人間を平等に統治する。誰もが平等で、他人を愛する良い心を持っていれば争いなど二度と起きません。人と人が平和に愛し合い、穏やかな日々を過ごすことができる。これこそ完全な世界です」

そうでしょう？　と桂音は司の頰《ほお》に手を添え、語りかけ続ける。

「わたくしたちと司さんが求めるものは同じ。より多くの人々の幸福のはず。ならばわたくしたちは同じ場所を目指せます。ですから改めてお願いします。わたくしたちに協力してくれませんか？　貴方の協力があれば、地球での治療はとてもスムーズに進むことでしょう」

自分たちは協力できるはずだと。

自分たちは協力し合うべきだと。

自分の手術を受ける前から、ただただ他人のために尽くし続けてきた無私の男に。

だが、

「断る」


これを司は僅かな逡巡《しゅんじゅん》もなく拒絶した。

桂音の瞳がすぅと細められる。

「…………なぜですか？」

「無意味だからだ」

「無意味？」

「桂音君。君のしている事は必ず失敗する」

「……なぜ、そう思われるのですか？」

細められた瞳の奥に濡《ぬ》れた刃のような危険な輝きが浮かぶ。

しかし司はそれに一切臆《おく》することなく、言った。

確信を以《もっ》て――

「すぐにわかるさ。あの二人に手術を行ったというのなら、すぐにでもね」

◆◇◆◇◆

「なにいっとるんや、アンタ。正気か？」

勝人の人が変わったような言いように、シェンメイは訝《いぶか》しむ。

もちろん勝人は普通の状態ではないが、それを本人が自覚することはない。

「もちろん正気っすよ。つーか今までのオレがおかしかったのさ。金なんてどこのどいつが作ったかもわからねぇ価値に振り回されて、いろんなモンを傷つけてきた。反省している。だからこそ俺は愛の使者としてラカンに戻ってきたってわけだ！」

勝人は目を少年のように輝かせながら言う。

「フレアガルド皇帝リンドヴルムは、自分一人を頂点にした格差のない平和な世界を作ろうとしている。この大事業を成し遂げるためには旧時代のルールをすべてぶち壊さなきゃならねえ。つまりは、ラカンやエルム、アジュールなんて『国家』は存在しちゃならねえ！」

「っ……！」

「シェンメイお姉さま。総長としてラカン群島政府をリンドヴルムに預けることを承知してもらいたい！　そしてこの国のすべての富を、金を、今すぐ放棄する宣言をしてくれ！　そうすればラカンは今よりずっと素晴らしい場所になる！　誰もが飢えることもなく虐《しいた》げられることもない、完全な世界に！」

「……そんな世迷言《よまいごと》を、元商人やったウチが承知するとでもおもっとんのか」

「大丈夫さ！　すぐにオレみたいに目が覚める！　この世で最も尊いのは愛と平和、ラブ＆ピースだってな！」


「き、キモチわるい……っ！」


そのときだった。

シェンメイに無条件降伏を迫る勝人から、ルーが怯《おび》えたように距離をとったのは。

「おいおいそりゃ酷《ひど》い言い草だぜルー子」

「センセ、ほんとうにどうしちゃったの⁉　こんなセンセおかしいよ！　とってもとっても変なんだよっ！　センセがお金さんのコトどうでもいいなんて、ゼッタイ言わないもん！」

信じられないというルーの表情。

それを見て、勝人は申し訳ない気持ちになる。

ルーがラブ＆ピースに共感できないのは、きっと間違っていた頃《ころ》の自分の影響を強く受けたからだと。

　金なんてくだらないものに振り回されていたあの頃の。

　ならばこの少女の更生《こうせい》は自分が責任を持って行わなくては。

　勝人はそう思い、膝を折って目線をルーの高さに合わせる。

「……ルー子。確かにお前には病気だった頃のオレの一番ダメなところをたくさん見せちまったからな。戸惑《とまど》うのも無理ねえ話だ。でもオレは何もおかしなことはいってない。そもそも金なんてもんが存在したのが間違いだったんだ」

「っ⁉」

「金なんてもんがあるから格差が生まれて、争いが起きるようになった。持たざる者が虐げられるようになっちまった。オレの親父もそう。ルー子、お前やお前の両親だってそうだ。

　金なんてなければ、お前は……故郷で今も家族と幸せに暮らせていたんだよ。金なんてこの世にあっちゃいけねえんだ。あんなものが人間の人生を左右していいはずがない。

　だからこそオレは、その間違った価値観をぶっ壊す！　愛と平和こそ、一番大切なものだってルー子にも気付いてほしいんだ」

　優しく優しく、勝人は語りかける。

　きっと今まで、ここまでルーに優しく接したことはなかっただろうというほどの慈しみを込めて。

そんな勝人を、

「センセーのバカァァ!!」

ルーは突き飛ばすように拒絶した。

それからシェンメイの下へ走っていくと、彼女に尋ねる。

「ソウチョーさん！」

「な、なんや？」

「鏡さん、もってる!?」

「あ、ああ。手鏡ならもってるけど」

「それ売って！　金貨さんで！」

こぶし大の革袋からルーは金貨を取り出す。

「そりゃかまわないが、そんなもの何に――」

「まいどありだよ！」

金貨を掴《つか》ませると同時に手鏡をひったくると、ルーはそれを勝人にかざした。

「センセ！　そのラビとかビーズとか！　この鏡をみながらいってみて！　自分の顔みながらいってみて！」

「何をするかと思えば………」

勝人はため息をつく。

自分の行いが、こんな小さな少女をここまでゆがめてしまった。

まったく病を患っていた頃の自分は何という極悪人《ごくあくにん》だったのか。

「良いぜ。いくらでも言ってやる」

ルーが納得できるまで。

彼女がこの世で最も尊いものを理解してくれるまで。

「世の中金じゃやねえ！　ラブ&ピースだぜッ!!」

力強い口調と潑溂とした笑顔で、勝人は鏡を見ながら言い放つ。

「ほら、言ってやったぞ。これで——ヒックッ」

その途端、しゃっくりが出てきた。

「あ？　ヒクッ、ヒックッ——」

なんだ突然。

勝人はびっくりして喉《のど》を抑える。

だが止まらない。

まるで内臓が震えているように。

「センセ！　もう一度！」

「……ラブ、アンドピース、ぅぅぅ⁉」

次は震えではなく痛みになって襲ってきた。

鏡に映る自分自身を見つめるほどに、胃がねじれるような痛みが腹部からこみあげてくる。

なんだ、なんなんだこれは⁉

「ワンモア！」

「ラブ、ア、アンド……ピ、ピピ、ピピピ……」

鏡の中の勝人の顔が歪《いびつ》に引き攣《つ》っていく。

脂汗が皮膚から滲《にじ》みだしてくる。

次第に彼の中で強い感情が形になっていく。

鏡の中で愛と平和を語る自分への強い嫌悪感が。

「リテイク！」

「ラ、ララブ、ァアンアンァ、ァ、ヅァ、る、ルー子、もうこのへんで満足だろ？」

「リテイクなんだよ‼」

「や、め、やめろ！」

「やめない！　いって！　ハイ鏡さん見て！」

「ウギャアアアアアアアーーーーーーッッッ‼‼」

逃げるように視線を逸《そ》らした先に鏡を持ってこられた勝人は、〆《しめ》られる鶏のような声を上げてその場に蹲《うずくま》った。

だがルーは逃がすまいと、蹲る勝人にあらゆる角度から鏡を向ける。

いったいコイツらは何をやっているんだと困惑するラカンの人々。

その困惑は、勝人自身も同じだった。

彼は混乱する。

ラブ&ピース。桂音の治療によって病から解放され、やっとたどり着いた真理。

この世でもっとも尊ぶべき思想。

それを口にする自分の姿が、なんでこんなにも気持ち悪いのか。

受け入れがたいのか。

病気はもう、治ったはずなのに、どうして。

そんな勝人から、ルーは鏡を離して語りかける。

「……センセ。たしかに、せかいにお金さんがなかったら、ルーとおとーさんとおかーさんはバラバラにならなかったかもしれないよ。

でも、それでもルーは、お金さんのこと、きらいになったこと、ないよ！

だって、お金さんがあったからルーはセンセに出会えたんだもの！　センセに買ってもらえたんだもの！」

「……！」

「あのときルーがセンセにいったことおぼえてる？　いつか、両手いっぱいの金貨さんかせいで、おとーさんとおかーさんを買い戻して、……のこりはぜんぶセンセにあげるっていったよ。

ルーはね、ずっと楽しみにしてた。自分でお金さんかせいで、センセに両手いっぱいの金貨さんあげるの、ずっと楽しみにしてたの！　だって、お金さんは言葉なんかじゃいくらいっても足りない、いっぱいいっぱいの感謝のカタチだから‼」

「ルー子……」

引き攣るように高くなっていくルーの声。

勝人は顔を上げる。

ルーはくしゃりと顔をゆがめて、目に涙をためていた。

その表情に、かつて無い程ズキリと内臓が、心臓が痛む。

そして、

「……でも、センセがお金さんなんてどうでもいいっていうなら、これもルーにはいらないよ。これはルーのお金さんじゃないから。センセのお金さんだから。だからお船のピカピカさんといっしょに、海にすてるよッ‼」

そう言ってルーが手にしていた金貨袋――自分が両親を買い戻すため勝人からもらった金

を原資にして運用した運用益《えき》を、海に投げ捨てたその瞬間、

「ッ！」

心臓の痛みは全身に回り、まるで血が沸騰《ふっとう》するかのような熱さとなって、勝人の身体を突き動かした。

「マサトッ⁉」

シェンメイが制止する間もなく、勝人は飛沫《しぶき》の立ち上がった水面に飛び込む。

真冬の海に、だ。

水に飛び込んだ瞬間、無数の針で刺されるような痛みが全身を襲う。

しかし、勝人はその一切を無視してより深くへもぐる。

凍《い》てつく冷たさと塩水の刺激に耐えながら、瞼を開く。

大きく開いて水底を攫《さら》うように探す。

ルーが投げ捨てた金貨袋を。

冬の海の凍てつく冷たさが、全身を軋《きし》ませる。

骨に無数のひび割れが生じたよう。

この無謀な行為を、勝人の理性は何を愚《おろ》かなことをと咎《とが》める。

今すぐ上がって火に当たらないと死ぬぞと忠告する。

金なんて、それもあんなはした金なんて、どうだっていいじゃないかと。

だが、

（ふざけろ……！）

そんな脳の薄っぺらい外側が叫ぶ声になど、勝人は聞く耳を持たなかった。

彼を突き動かすのは、脳の髄《ずい》、底の底、人間という個の中枢から吹き上がる感情だったから。

そう。金になんて価値はない。そんなのは、桂音の手術されるまでもなく、勝人だって知っているのだ。

何しろ彼は子供時代、金銭に一切不自由することなく育った。

金に対する執着は、本来普通の人間よりも薄い。

それをかき集めだしたキッカケも、復讐《ふくしゅう》のため。

言ってしまえば、敵を破滅させるための手段として敵から金を奪っていただけで、金そのものが欲しかったわけではない。

――でも、父親の仇《かたき》をとるという大業《たいぎょう》を成すには、大勢の人間の力を借りる必要があった。

そしてその復讐を達成してくれた彼らに、言葉だけでは言い尽くせない感謝と友情を示すため、金はとても役に立った。

大金を手にした社員たちはその金を十人十色な方法で扱った。

将来のためにすべてを貯金した者。

夢を見て投資に回した者。

趣味のために派手に浪費した者や、家族のために使った者。

中には独立して、勝人の商売敵になったものまでいる。

――皆、嬉々《きき》として。

彼らは金によって自分の願いを叶《かな》えたのだ。彼らの嬉しそうな表情に、勝人は今まで復讐の
ツールでしかなかった金の本質を理解したのである。

金は人だと。

願いであり、思いであり、夢なのだと。

だから、彼は金を愛した。金を通して人を愛した。

今、海に沈んだのはルーという人間の願い。

この一年、彼女が大切に大切に温め続けてきた夢。

そんなものを、――捨てられるわけがない。

そんなものを捨てるような人間は、

(真田勝人《オレ》じゃねえ……ッッ!!)

その瞬間、勝人の脳の中で何かが千切《ちぎ》れた。

細い紐《ひも》のような何かが、ぷつんと。

彼は手を伸ばす。

そして掴み取る。

水底に沈んでいた金貨袋を。

それを手に港の縁に這《は》いあがると、

「……お金なんて、いらないんじゃなかったの」

そう言って睨《にら》みつけてくるルーに、金貨袋を投げ渡した。

そして、言う。


「両手いっぱいというには少なすぎるな、こりゃ。——出直してこい」


優しい顔ではない。

いつもの、牙《きば》をむくような挑発的な笑みで。

その表情にルーは総身《そうみ》の毛を逆立たせて、

「センセ〜〜〜ッッ!!!!」

飛びつくように勝人に抱きついたのだった。

◆◇◆◇◆

そのあと勝人は、潮風に吹かれない場所に火を起こしてもらい、暖を取りながらシェンメイに自分の身に何があったのかを説明した。

「……つまり、ケーネっていう仲間の天使に裏切られて、操《あやつ》られて、頭がおかしくなってたっちゅうことか」

「平たく言えば、そういうことっす。――ふぇっくしっ！」

「センセ！ 薪《たきぎ》さんとお洋服さん、もってきたよっ」

「おー助かる。こっちにくれ」

「薪さんいっぽんにつき、金貨さんいちまいね！」

「足元見過ぎじゃね⁉」

「……いらないならあげないんだよ？」

「買う！ 全部買うから！ 早く寄越せ！」

ルーからひったくるように薪を奪うと、勝人は勢いが弱くなってきている焚火《たきび》にくべる。

その様を見てシェンメイは呆《あき》れたようにため息をついた。

「阿呆《あほ》やねぇ。冬の海なんかに飛び込んだらそうなるに決まってるやんか」

「……でも、目はバッチリ覚めたッスよ」

さっきまでピンク色の靄《もや》がかかったような思考が、今は冴《さ》えている。

今の勝人には、これから何がこの世界に起こるかがハッキリと理解できた。

彼はそれを、伝えるべき相手に伝える。

「お姉さま。桂音先生とリンドヴルムは手を組んで、世界中の人間にオレがおかしくなってた処置と同じことをするつもりだ」

「……！」

「そして、今の二人にはそれができる。なんたってリンドヴルムは魔法一発で新大陸の軍勢十万以上を氷漬けにできるバケモンだからな。この世界の武力じゃどうあがいても太刀打《たちう》ちできねえ。オレをまず寄越したのはリンドヴルムの慈悲だ」

「……大人しく投降すれば、命だけは助けたる、ってか」

勝人は違うと首を横に振った。

「どっちみち命はとらねえっすよ。その必要も無い。戦争になっても向こうはこっちを無傷で降伏させられる。リンドヴルムとそれ以外の戦力差はそのくらいどうしようも無いレベルで開いている。言ったでしょ。慈悲だって」

「っ……」

「殴り合いではもうどうにもならねえ。だとしたら、思想とか、理想とか、そういう部分でリンドヴルムや桂音先生を挫《くじ》く以外に手段はない」

そして……

「それができるのはたぶん、この世に一人だけだ」

「それって、……ツカサ、さん？」

伊達《だて》に勝人の下で人を見る目を養ってきてはいない。

ルーの言葉に勝人は頷く。

「リンドヴルムは強い理想を掲げて動いている。利害や武力じゃこれはねじ伏せられない。もうオレたちのような商人の手に負える相手じゃないのさ。これに相対しようと思うなら、こっちも同じくらい強い理想を体現する人間を立てる必要がある」

「つまり主張で言い負かす、と？　そんなもんであの暴君が止まるんか？」

「わからねえっす。ただ、殴り合うよりは可能性がある」

「………………」

そう言われるとシェンメイも頷く他にない。

新大陸がリンドヴルムの剣一振りで平定されたことは、すでに彼女の耳にも届いているからだ。

「……だからリー・シェンメイ総長に提案したい。エルム、ラカン、アジュール、ヤマト、今残っている四国で対リンドヴルムの戦時同盟を結ぶことを」

「一丸となって、か」

「ああ。司は政治家です。アイツの力は他人を動かすことに特化してる。動かせる力は多いほうがいい」

「わかった。天使ツカサを立てるかどうかは保留にするとして、どっちにしろリンドヴルムに対する共同戦線は張らんと、ラカン一国では太刀打ちでけへん。さっそく調整に入るわ。……ちなみにやけど、その肝心かなめの天使ツカサは無事なん？」

「野郎の馬鹿さ加減が頭を開かれたくらいで治るとは、オレには到底思えないっすね」

からからと勝人は笑って答える。

そう、司について不安はない。

自分が桂音の戒《いまし》めを引きちぎれたように、あの男も必ず、元の自分を取り戻しているだろう。

だが、

(林檎ちゃんは、少し気になるな…………)

うっすらと覚えている囚《とら》われの記憶。

牢の中にいたのは自分と司と林檎だった。

ならば林檎にも自分たちと同様の治療が行われていることだろう。

彼女は、大丈夫だろうか。

勝人は案じる。

その不安は、遠く離れたエルムで今まさに現実のものとなっていた。

「やめるのですよ天使様！　そんなことしちゃ、ダメなのです!!」

エルム共和国の首都ダレスカフ。

交差点の真ん中で、クランベリーが悲痛な声を上げる。

◆◇◆◇◆

だが、林檎は止まらない。

管理者権限でクマウサの行動の自由を奪った林檎は、彼を自分の傍《そば》までやってこさせると、万能手袋の工具機能を使ってクマウサをバラバラに壊し始める。

林檎によってすべてのマニピュレーターをもがれ、地面に転がるクマウサ。

この世界の科学者にとって教師でもあるクマウサの無残な姿に、クランベリーは顔を青ざめさせた。

「『科学』をこの世界からなくすなんて、そんなの、天使様おかしいのです！　天使様はそんなこと絶対に言わないっ！　いったいどうしちゃったのですかっ！」

「クランベリーちゃん。それはあの時のわたしが、病気だったからだよ」

「病気……？」

「取りつかれていたの。もっと知りたい、もっと作りたい、もっと——進めたい。そんな欲に。自分の中からあふれ出てくるアイデアを止められずに、わたしは世界にたくさんの余計なものを作り出したの。それが使い方次第で人を殺すことになるってわかっていたのにね」

この世界でもそうだ。

林檎は司に言われるままに、様々な科学技術をこの世界に持ち込んだ。

その結果、たかが寒村一つの反乱を大陸規模の戦争にまで拡大させてしまった。

林檎は後悔する。

自分はなんて愚かなことをしてしまったのだろうかと。

「こんなもの、作るんじゃなかった」

「ッ——!?」

「自分の生み出した間違いは、自分で片付けないといけないの」

「何を言っているのです!?」

この林檎の言葉に、クランベリーは目を剝《む》く。

「作るんじゃなかったなんて、それだけは、それだけは絶対に、ボク様たち『科学者』が口にしてはいけない言葉なのです！　たとえどんな結果を生み出したとしても、それを生み出したボク様たちだけは生み出したものを否定してはいけないのですよっ!!」

『クランベリーちゃん。もういいクマ』

「っ、クマウサ様!?」

その時だった。

林檎に食ってかかるクランベリーをクマウサが制止したのは。

そしてクマウサは林檎にディスプレイを向けて、言う。

『ボクはリンゴちゃんが幸せになるために生み出されたＡＩクマ。ボクがいなくなった方がリンゴちゃんが幸せなら――それが一番クマ。リンゴちゃんはそれを望むクマ？』

林檎は答える。

「うん。科学は平和を乱すものだから。なくさないといけないの。だからお願い」

『わかったクマ』

クマウサは林檎の求めに――応じた。

『システム：クマウサのアンインストールを開始します。電源を落とさずにしばらくお待ちください』

クマウサの声とは違うシステム音声が、スピーカーから流れ出る。

クマウサが自分自身の削除プログラムを起動したのだ。

「クマウサ……。わかってくれたんだね」

『ボクはもともとリンゴちゃんの不得意な分野を補《おぎな》うために生み出されたマネジメントＡＩクマ。ボクがいなくてもリンゴちゃんが大丈夫なら、もうボクは存在している理由はないクマ。リンゴちゃんが望むなら、ボクはいなくなるクマよ』

それがマネジメントＡＩとしての正しい在《あ》り方だ。

だから、とクマウサはディスプレイの中で悲しそうな笑顔を作って、言った。

『リンゴちゃん。せっかく望みが叶ったんだから、そんな辛そうな顔するんじゃなく、もっと笑ってほしいクマ』

「え……?」

辛そうな顔?

クマウサの言葉に林檎は首を傾《かし》げる。

と、そのときだ。

林檎の目尻からはらりと涙が零《こぼ》れた。

「あれ、わたし………」

どうして涙なんて流しているのだろう。

クマウサが、科学がなくなることは、完全な世界にとって良いことのはずなのに。

桂音の手術でようやくそのことに気付けたのに。

どうして。

——どうしてこんなにも、悲しい気持ちがこみあげてくるのか。

林檎は困惑する。

そんな林檎に、クマウサは語りかけた。

『リンゴちゃん。ボクが生まれた日のこと、今も覚えてるクマ……？』

「……そんな昔のことなんて……」

覚えてない。

そう思ったが、言われると記憶が脳裏《のうり》に滲《にじ》みだすように蘇《よみがえ》ってくる。

——あのとき、
司によって発明意欲を取り戻した林檎は、科学者として再出発することを決意した。

しかし林檎はとにかく人付き合いが苦手で、見知らぬ他人がたくさんいる大学の研究室などには入ろうと思えなかった。

となると自分で研究所を興《おこ》すしかないのだが、困ったことに今までマネジメントをはじめとする対外業務の一切を行っていた母は自分と法的に引きはがされてしまった。研究所を興すなら、母が行っていた学会との連絡やマスコミ対応、資材調達etc、すべて自分自身で行わなければならない。

考えるだけで林檎は恐怖を感じた。

その恐怖の中で彼女は気付いたのだ。

だったら自分に足りないスキルを備えた人工知能を作って、それらの業務を代わりに引き受けてもらおうと。

こうして生み出されたのが、マネジメントＡＩのクマウサだった。

——こんにちわ！　リンゴちゃん！
これからはクマウサがリンゴちゃんのマネージャーになるクマ！
学会との連絡、マスコミへの対応、資材調達、そして恋の相談まで、
何でもクマウサにおまかせクマ！

『二人でいろんなものを作ったクマ。最初に共同製作したの覚えてるクマ？』

覚えている。

どうでもいいことと、そう何者かに、、、烙印《らくいん》を押され隠されていた記憶が、次第に鮮明になっていく。

クマウサを開発した林檎は、マネジメントを任せ研究に没頭《ぼっとう》していた。

その結果、母と居た頃とは比べ物にならないスピードで様々な画期的な発明を世に送り出し、帰ってきた天才として世界の注目を浴びることになってしまったのだ。

連日に及《およ》ぶマスコミからの取材依頼。

マスコミたちに『美少女天才発明家』として取り上げられた事で付いた謎《なぞ》のファン層。

秀《ひい》でた天才である林檎を快く思わない科学者たち。

色々な人間の感情が林檎を中心として渦巻き、……林檎はとても疲れてしまった。

そんな林檎を見て、クマウサが提案したのだ。


——リンゴちゃん！　地球だと何処にいてもゆっくりできないクマ！

だったらいっそのこと、地球の外にお引越しするのはどうクマ？

　実はもう設計図を作ってあるクマ！


ディスプレイに表示された設計図を見て、林檎はいいアイデアだと手を打った。

大気圏外《たいきけんがい》ならばそう簡単に誰も詰めかけては来れない。

しかし、まさかクマウサが設計図まで作っているとは。

林檎はそのことに驚く。

そして同時に思った。

クマウサのベースは自分。もしかしたら、自分と一緒でクマウサも何かを発明したいのかもしれないと。

そこで林檎はマネジメントＡＩとして作ったクマウサに、無数のマニピュレーターを搭載したボディを与え、二人でスペースシャトルと宇宙ステーションの製作を始めたのだ。
それが、二人で作った初めての発明品だった。

『危ないことも、たくさんあったクマね』

そう。あった。

丁度シャトルの製作が終わり、小分けにした宇宙ステーションの建材を複数回に分け大気圏外に持ち出しはじめた頃のことだ。

林檎が誘拐されたのだ。

犯人が何者か。それはまだ判明していない。

だが明らかに彼らは国家レベルの暴力を背景にしているとしか思えない武装や移動手段を持っていた。おそらくはどこかの国の工作員だったのだろう。

攫《さら》われた林檎はどこかに向かうクルーザーの中で尋問を受けた。

彼らがカタコトの英語で問うてきたのは要約すると、

──タイムマシンを作れるか。

という内容だった。

実のところ、時空間航行の理論はすでに林檎の中にあった。

しかし林檎は首を横に振った。

その理論の実現がこの世界にもたらす計り知れない影響を、理解していたからだ。

間違ってもどこの誰ともわからない人間に軽々に漏《も》らしていいものではない。

作れないならこの場で殺すと脅されても林檎は首を横に振った。

そして、そんな林檎に手を焼いた工作員たちが自白剤《じはくざい》を打とうとした時だ。


——リンゴちゃん！　助けに来たクマーッ!!


自分で自分を戦闘用に改造したクマウサが、クルーザーに乗り込んできたのは。

クマウサは破壊的な威力と精度を持つ無数の銃火器で、クルーザーに存在していた林檎以外の人間を瞬く間に鏖殺《おうさつ》し、林檎を助け出した。

あの時クマウサがいてくれなかったらどうなっていたか。

想像するのも恐ろしい。

だけど、

『でも全部大切な思い出クマ』

そうだ。

そうだ。

——アンタなんか、産むんじゃなかった。

そう母親に言われてから、クマウサだけが自分の家族だった。

クマウサはどんな時でも一緒にいて、一緒と一緒に楽しいことや苦しいこと全部、分かち合ってくれた。

そんな……そんな大切な家族に、さっき自分はなんと言った……？

——こんなもの、作るんじゃなかった。

「ちが、う……っ」

瞬間ひび割れるように脳髄《のうずい》が痛む。

だが林檎は、

「ちがう、違う違う違う違う……ッ!!」

頭蓋《ずがい》に爪《つめ》を立てるように掻《か》きむしりながら、痛みを望む。

今の自分を否定するたびに襲ってくる痛みを。

それこそが、自分の正気に続く道しるべだと確信して。

そう、林檎は気付いたのだ。

今の自分がどうかしていると。

当然だ。

自分が生み出した物にあんなことを言うなんて、そんなのは科学者じゃない。

(そんなのは、大星林檎《わたし》じゃない……ッ!!)

『リンゴちゃんは、ボクなんて作るんじゃなかったって言ったクマ。

リンゴちゃんは、ボクのこともう嫌いになっちゃったかもしれないクマ。

でも、クマウサはリンゴちゃんに生み出してもらえて、とっても幸せだったクマ……。ありがとう、リンゴちゃん』

離別《りべつ》の言葉。

それに林檎の脳髄を蝕《むしば》む痛みは最高潮に達し、
直後、何かがブツリと千切《ちぎ》れるような感覚と共に、その一切がなくなった。

「ちがう! クマウサ! ちがうの! わたし、そんなこと思ってないッ!!」

林檎は叫ぶ。

涙を零《こぼ》しながら、クマウサのディスプレイを両手に摑んで、

「わたしも! クマウサと一緒でずっと幸せだった! 幸せだったよ! お母さんがいなくなっても寂《さび》しくなかったのは、クマウサがいてくれたからだもん!

わたし、クマウサを作らなきゃよかったなんて思ったこと、一度だってないよ！　だってわたし、クマウサがいてくれないとダメだもん！　学会の連絡や資材調達だけじゃないっ！　朝起きるのも、寝る時間も、食べ物も、全部クマウサに管理してもらってたんだよ⁉　それに、恋愛の相談だって……ッ！」

言って林檎は思い出す。

富濃盆地でリルルから逃げ出した自分の情けなさを。

自分の度《ど》し難《がた》い弱さを。

誰かに、誰かに背中を教えてもらわなければ自分はダメなのだ。

だから、

「わたし、司さんに言えなかったの！　勇気が出なかったの！　言わなきゃいけないって思ったのに、怖くて好きだって言えなかった！　私、一人じゃ何もできないよ！　クマウサが励ましてくれなきゃ勇気が持てないよ！　だから、だから、居なくならないでよクマウサァッ‼」

林檎はそうディスプレイに訴《うった》える。

だが、ディスプレイにはすでに、あの卵のようなずんぐりむっくりしたキャラクターは映っていなかった。ただ、真っ暗な画面に、

あ り が t

と表示され、

『システム：クマウサのアンインストールが完了しました』

クマウサの声ではないシステム音声が、彼の消滅《しょうめつ》を告げた。

同時に、クマウサが最期《さいご》に残したテキストメッセージすらも消えて、ディスプレイにはのっぺりとした黒だけが残る。

「あ――――……」

「クマウサ、さま……。そんな……っ！」

すでに簡単なソフトウェアの知識すら身に着けていた技術留学生のクランベリーには、今何が起きたかが理解できた。

つまりは、クマウサが死んでしまったのだということが。

「っっ～～～！　うぁぁぁぁぁ……ッ!!」

彼女は悲しみのあまりその場に座り込み、さめざめと泣く。

どうしてこんなことになってしまったのかと。

そして悲しみに続いて湧《わ》き上がってくるのは、怒りだ。

なぜこんなことをしたのだと。

クランベリーは林檎を睨《にら》みつける。

睨みつけた先、林檎はクマウサのボディから引きずり出したキーボードをものすごい勢いで叩いていた。

この上までクマウサを壊そうとしているのか。

クランベリーは止めようとして立ち上がり、瞬間、ディスプレイに再び表示された、棺桶《かんおけ》から飛び出すクマウサのアニメーションを見て固まった。

「ふえっ⁉」

「……クマウサ。さっきはごめんね。わたしがどうかしていたの」

『気にしてないクマ。きっと理由があるんだとは思ったから昔のアルバムをサブリミナルで表示してみて良かったクマ』

「あ……だからわたし、昔のこと思い出したんだ……。ぐっじょぶ」

何事もなかったかのようにやり取りを交わす二人。

傍らに立つクランベリーは一人で混乱する。

「え？　え？　クマウサ様、さっき死んじゃったんじゃ……？」

「……？　再インストールしただけ、だけど？」

『ボクはいろんなところにリアルタイムでバックアップを取ってるから、そう簡単にいなくなったりしないクマ。バックアップは大切。これ戒めクマ』

「………」

言われてクランベリーは思い出す。

そういえば以前、ソフトウェアの授業でクマウサから作業のデータはこまめにネットワーク上に保存するように教わった。

つまり先ほどの雰囲気満点なやり取りはただのクマウサの演技だったわけで――

「ボ、ボク様の涙を返しやがれなのですーーーーっ!!」

クランベリーは度し難い怒りを込めてクマウサのボディに蹴《け》りをみまった。

『イターーーイ!!』

「ど、どうして怒ってるの？　おちついて、クランベリーちゃん……っ」

「うがーーーーなのですっ！」

その時だった。

「アカツキさんっ、大変です！　クマウサさんがボロボロになってます！」

「うわっ！　なにこれどういう状況⁉」

「……！」

林檎たちの頭上から聞きなれた声が降ってくる。

一同が見上げると、

『あー！　アカツキくんとリルルちゃんクマー！』

そこには風に乗ってダレスカフまでやってきた暁とリルル、そして忍の三人が居た。

こうして、いささかのトラブルはありながらも、林檎と勝人の二人は桂音の手術によって失った『欲』を再び取り戻した。

そして、その一部始終を——彼は見ていた。

魔法によって千里を見通し、千里の声を聞けるようになった男、

「…………」

遠くフレアガルドはドラッヘンの玉座に座す、皇帝リンドヴルムが。

◆◇◆◇◆

「……何を言うかと思えば」

林檎と勝人の二人を理由に、自分の人類救済の失敗を予言する司。

これに対して、桂音は呆《あき》れたように肩をすくめた。

「勝人さんと林檎さんはわたくしの手術によって『欲』という病から解放されましたの。お二人は今までの自分の間違いに気付き、その償《つぐな》いをしたいとおっしゃっていましたわ」

「あの二人に一時でもそう思わせる技術は大したものだが、結局そんなものは一時の気の迷いのようなものだ」

「…………」

自分の処置を気の迷いと断言された桂音の表情に不機嫌《ふきげん》な色が浮かぶ。

しかし司はお構いなしに続けた。

「君が人を医術で救済するために『神』すら超えんとしている《超人》であるように、あの二人も一つの分野において他人の想像の範疇《はんちゅう》には到底収まらない《超人》だ。あの二人が、これまでの自分が積み上げてきたものを否定し続けられるとは、とても思えない。まして……私程度の『欲』すらも取り除けないような治療ではね」

「司さんの、『欲』……？」

「そうとも。桂音君は私を無私の人間だと言ったが『欲』を持たない人間などいない。私にだって望むものはある。ああそうとも、私は今まさに強烈に望んでいるよ。感情のままに、怒りのままに、――リルル君を殺《あや》めた君を今すぐに殴りつけてやりたいと」

「ッ――！」

ギラリと司の左右色違いの瞳に怒りの炎が灯《とも》る。

それは本来なら良い子になるオペを受けた者が持ちえない攻撃的な感情。

――害意《がいい》。

『良い心』にありえざる感情の存在に、桂音の表情が強張《こわば》る。

「そんなことをしても自己満足にしかならない。リルル君が生き返るわけではないのだから。だがそうしたくて仕方がない。これで無私とは笑わせる。私程度でこのありさまではあの二人の『欲』を御《ぎょ》しきるなど不可能な事だろう。

いや、二人だけではない。帝国の人々もそうだ。彼らも遅かれ早かれ自らの『欲』に気付き君の無謀な計画は早晩破綻《そうばんはたん》する。何故なら桂音君、君のやり方で人の『欲』を取り除くなどそもそも不可能なのだから」

「なにをッ……」

断言する司。

司という『失敗例』を突き付けられた桂音は反論に詰まる。

だが、

「ずいぶんと人の『欲』を過大評価しているようだな。お前は」

「！」

次の瞬間、その場にいない者の声が二人の会話に割り込んだ。

◆◇◆◇◆

声のする方、桂音と葵の背後に皆が目を向ける。

するとその空間から黄金の光が滲みだし、歪《ゆが》み始めて、その光が像を結ぶ。

現れた人間は、この場に居る誰もが知っている人物だった。

「リンドヴルムさん……」

「リンドヴルム皇帝……」

「こうして顔を合わせるのは富濃盆地以来だな」

転移魔法で地下牢に現れたリンドヴルムは、牢の司を一瞥《いちべつ》してから桂音に告げる。

「ケイネ。つい先ほど、お前の手術を受けエルムとラカンに向かったあの二人が、『欲』を取り戻したぞ。この男の言った通りに」

「なっ……！」

リンドヴルムが遠隔《えんかく》視覚の魔法で見た、今しがた起きた出来事。

これを聞かされた桂音は強い動揺を示した。

「……わたくしが、ミスを……？」

無理もない。

桂音には《超人医師》としての自負がある。

治療において自分はミスを犯さないと。

それが司だけでなく林檎や勝人にまで覆《くつがえ》されたのだから。

だが、

「しかし所詮《しょせん》は三人程度のイレギュラーだ」

青ざめる桂音に皇帝は告げる。

「現実として帝国の民は『欲』から解き放たれ争い合うことなく、永遠に滅びぬ王の下、永久の平和を生きている。我らは何も間違ってはいない。計画は順調に進んでいる。間違っているのはこの者たちだ」

それから改めて司を見下ろし、

「ツカサといったか。お前は我の作る世界に幸福はないと言った。だがケイネの協力によって過ぎたる『欲』から解放された民は、その日その日を愛する者と平和に生きるという、真の幸福に気付き生を謳歌している。

誰も彼もが笑顔を浮かべ、我の下で生きることを喜び、我を讃《たた》えている。我が下に一切の不足や不平等はない。誰もが満ち足りる完全な世界だ。違うか？」

問うた。

より完全になった自分の世界に、あの時と同じ言葉が吐けるかと。

対し司は、

「違う」

リンドヴルムの纏う圧倒的な存在感に産毛が焦げ付《こ》くようなプレッシャーを感じながら、それでも目を逸らさず、真っすぐに否定を返す。

「何度でも言おう、リンドヴルム。貴方の掲げる世界に幸福はない。そして君たちの試みは必ず失敗する」

「なぜそう言い切れる」

「言い切れるとも。君たちは人の『欲』というものに対してあまりに無理解だ。根本的な部分で思い違いをしているのだからね」

「……それはどういう意味だ」

「言葉よりも実際に示した方がいいだろう」

司はそう言うと立ち上がり、リンドヴルムと目線を合わせる。

そうして囚《とら》われの身でありながら対等な立場であると主張し、リンドヴルムに要求した。

「リンドヴルム皇帝。私と勝負しろ」

「勝負だと？」

「一年だ。私とこの世界の残る国々に時間を貰いたい。そうすれば私は貴方の作ろうとしている完全な世界を、完膚《かんぷ》なきまでにぶち壊して見せよう。貴方が今、満ち足りていると主張する帝国の臣民に、——《フレアガルド帝国》を棄てさせることによってね」

「それが叶えば、自分の掲げる世界が間違いであったことを認め、愚かな征服のすべてを中止するんだ。自分の作る世界に民が満ち足りていると思うのなら、受けられるだろう？」

これに今まで巌《いわお》のように動かなかったリンドヴルムの表情が、僅かに険しくなる。

当然だ。

司は、桂音によって『欲』を取り払われ真なる幸福に目覚めた帝国の臣民に、リンドヴルムを見限らせると言ったのだから。

「まあもっとも、一年と持たずに自壊する可能性も高いと、私は考えているがね」

重ねて挑発する司。

リンドヴルムは理解する。

司としてはここでリンドヴルムを勝負の土俵に乗せなければ、何もできない。

牢に繋がれたまま朽ちるのみ。

だから精一杯自分を挑発し、この牢から抜け出そうとしているのだ。

一方、リンドヴルムは自分の作る世界に絶対の自信がある。

司の承認など必要としないほどの自信が。

司が何をどう思おうが、所詮はイレギュラーの戯言《たわごと》。

桂音の治療が終わるまでこの牢に繋いでおけば、それで済む。

「…………！」

ここで挑発に乗ることは、――譲歩、慈悲に等しい。

してやる理由はない。

――のだが、

「いいだろう。我に刃向かうことを許そう」

リンドヴルムはそう返した。

自分と桂音の完全な世界が失敗する。

そう確信を以て告げる司の示す根拠。

それに興味が湧いたからだ。

だがもちろん無条件ではない。

「――ただし」

改めて司に視線を向けながら、腰の剣を抜き放つと、

「我を説得できなかったそのときは、この世界も、そしてお前の治める国も、無条件で我の下へくだってもらうぞ」

一閃。

白刃《はくじん》を振るい、司を縛《いまし》めている鎖を断ち切った。

「約束しよう」

縛めから解き放たれた司は、リンドヴルムの要求を呑む。

勝負を仕掛けたのは司だ。

断るわけにもいかない。

そうしてリンドヴルムとの間に取り決めを設けた司は、

「……ニオ君。行こうか」

「は、はい！」

ニオを連れだって、牢を出る。

そして嫌悪と憎悪に燃える瞳を向けてくる桂音の脇《わき》を抜け、

「葵君。君は——どうする？」

桂音の後ろに立っていた葵に問うた。

「表情を見ればわかる。君は桂音君の手術を受けていないのだろう」

「……！」

言われ、葵は驚きをあらわにする。

司の言う通り、彼女だけは囚われた《超人高校生》の中で、桂音による治療を受けていなかったからだ。

司は自分たちのやり取りを後ろで見ていた彼女の表情から、それを察し、

「私とエルムに戻るかね？」

重ねて問う。

葵に、これからの行動を。

これに葵は、彼女には似合わない弱々しい表情を見せる。

「桂音殿や皇帝のやり方が正しいかどうか。拙者《せっしゃ》は阿呆《あほう》故、よくわからないでござる」

人間の脳をいじり『欲』そのものを無くしてしまう。

人の心の悪性を治療し、まるで別人のような善人にしてしまう。

その桂音の強引《ごういん》な方法に、葵自身も思うところがあるのだろう。

だが――

「でも……戦場を駆け抜けてきた拙者は知っているでござる。ただ日々を生きる事すら奪われる。そんな理不尽が世界には溢《あふ》れていることを」

そう。葵はその目で見てきたのだ。

桂音と同じ光景を。

なんの罪もない人々が、ただ権力者より弱いというだけで家を追われ、国を追われ、ただ生きていることすら許されずに殺される。

そんな、今この瞬間も地球のどこかで当たり前に行われている残虐《ざんぎゃく》を。

だから、

「あんな理不尽がないのなら、それだけで拙者にはとても尊いものに思えるでござる。だから……拙者はエルムには戻らないでござる」

葵もまた、桂音やリンドヴルムと同じ答えを出した。

「そうか。それが君の正義なら無理は言うまい」

葵の意志を聞いた司は食い下がらなかった。

彼はすこし残念そうに言って、再び脚を動かす。

そして葵の脇を通り過ぎ際——彼女にだけ聞こえる小さな声で言う。

「桂音君を頼んだよ」

「……え？」

それはどういう意味の言葉なのか。

葵は振り返り、尋ねようとする。

が、それは遮《さえぎ》られた。

葵よりも早く、司が思い出したように声を上げたからだ。

「ああそうだ。リンドヴルム皇帝。貴方に一つ頼みがあったのだが、いいだろうか」

◆◇◆◇◆

エルム共和国首都ダレスカフ。

林檎の襲撃《しゅうげき》から十日が経《た》ったその日、リルルたちに続き勝人がルーを伴い戻ってきた。

彼は挨拶もそこそこに、出迎えに来ない忍の所在を暁に尋ねる。

これに暁は表情を曇らせた。

忍は過労から体調が悪化、肺炎を発症して伏せっていたからだ。

「あっ、マッシュよ！　どうだ？　忍の様子は」

「肺にかなり炎症が起きていましたが、ケーネ様のサルファ剤のおかげで容体は持ち直しつつあります」

「よかったぁ……」

「おい、プリンス」

忍の看病に当たっている医師からの報告に、暁は演技を忘れて胸をなでおろす。

これを勝人が横から肘で小突いて注意した。

「あっ、おほん！　フーハハハッ！　よくやったぞマッシュよ！　引き続き忍の治療をお前に任せる！」

「はい！」

エルム共和国建国の神である暁に大任を任されたのが嬉しいのだろう。

ビューマの青年医師マッシュは姿勢を正して返事をすると、力強い足取りで《超人高校生》たちが集まっている食堂を退出。忍の病室へ戻っていく。

その足音が遠ざかるのを待ってから、暁は椅子《いす》にだらしなくもたれかかった。

「……あー、最近やってなかったから疲れるなぁこの演技も。……ていうか僕たちはもうエルムの政治にはかかわってないんだし、この演技いらなくない？」

「そういうわけにもいかねえよ。国民議会の判断を待たずにカグヤちゃんを脱獄させたオレたちがこうしてエルムに入れるのも、そのハッタリがあってのことだからな」

「あー、そういえばそうだったね」

勝人に指摘され、暁はヤマト自治領の一件でのことを思い出す。

あの時、暁たちは司の指示で牢に囚われていたカグヤとシュラの二人を、国民議会の承諾を得ずに解放した。

ヤマトの一件でフレアガルドと敵対状態になった自分たち《七光聖教》と関係を断ち切る、その選択肢を国民議会が選べるようにするために。

だが結局エルムの国民議会は《七光聖教》との関係を断たず、『万民平等』の教義に基づき派兵を決定した。

だからこそ、《超人高校生》たちはエルムの庇護《ひご》を受けられている。

向こうがいまだ《七光聖教》を神聖視している以上、やはり主神たる暁が神聖性を損なうわけにはいかない。

「で、でも……よかった。忍、さん、ひどい熱だった、から」

マッシュの報告に林檎はほっと胸をなでおろす。

隣の席についているリルルも同様だ。

「たった一人でずっと無茶をしてくれていましたから……。マサトさんとリンゴさんは体の方は大丈夫なんですか？」

「そうそうこっちも大変だったけど、林檎ちゃんや勝人も大変だったったんだね。実際何事かと思ってびっくりしたよ。エルムについたらクマウサがバラバラになってるんだもの」

『ボクは人間と違って機械だから、部品を引っ付ければなんてことないクマ。でも二人のほうは心配クマ。一応レントゲンとかとってみるクマ？』

尋ねるクマウサ。

これに勝人は首を横に振った。

「いやオレはいいや。別に痛みとかもねえし。余計なところを傷つけるようなヘマ、桂音先生はしねーだろう」

「私、も、いい。もしなにか異常があっても、……私たちじゃなにも、できないし」

林檎も同様に辞退の意を示す。それから、

「それより、その……」

隣のリルルに、窺《うかが》うように尋ねた。

「リルル、さんは、なんともない？」

自分たちは脳を少しいじられただけだが、リルルの方は一度命を落としたという。

生き返った人間がどういう状態なのか、想像がつかない。

だが、

「はい。ユグドラさんが……私に命をくれたので」

林檎の気遣いにリルルは大丈夫だと笑顔を返す。

今のところリルル自身にも自覚できる違和感はなかったからだ。

このリルルの様子に勝人は感嘆のため息を零《こぼ》す。

「すっげーよな魔法。命の受け渡しまでできるなんてよ。そんなの、地球の科学ですらまだ無理だぜ」

「……ネウロ、さん、はじめてあったとき、言ってた。『魔法』は、ネウロさんたちの世界で、『科学』の後、にとってかわった、って」

「そういえば核ミサイルのことも知ってたもんな。……進歩の上ではネウロたちの方が未来人だったわけか」

ギュスターヴのときも魔法という《超人高校生》たちにとって未知の力にはずいぶんと祟《たた》られたものだが、情報を聞く限り、今回の敵はそれよりもはるかに強力な力を手に入れたという。

これは勝人たちにとって非常に頭の痛い現実だった。

「命の受け渡しまでやれるなら、あの皇帝は実質不死身だ。ここで何とかしねえと……この世界も、地球も、とんでもねえことになる」

「………」

食堂の空気が重くなる。

桂音が向こうに付いた以上、これがこの世界だけの問題では済まないことを《超人高校生》の皆も理解しているからだ。

「勝人、なにか考えはあるの？」

「……なんにもねえ」

問う暁に勝人は両手を挙げた。

お手上げ、という意味で。

「頼りにならないなぁ」

「商人の領分じゃねえのさ。リンドヴルムは理想を掲げて損得勘定抜きに動いてる。これを挫くにはこっちも損得勘定抜きの理想を掲げられる人間を立てるしかねぇ。——そう。自分の利益《りえき》を一切負わず、いつだって他人のために必死になれる。そんな奴《やつ》を」

「じゃ、あ、やっぱり……」

林檎のたどたどしい言葉に勝人は頷く。

「ああ。司の力がいる。リンドヴルムと同じ領域に立っている《超人政治家》のな。だからオレたちのマストな行動としちゃ司をどうにかして助け出す事——なんだが」

言うと勝人は困ったように頭を掻いた。

「……アテにしてた忍があれじゃあなぁ」

葵を欠く状態で帝国から司を助け出すことができるのは忍だけ。

その忍が倒れていては計画は第一段階から頓挫《とんざ》だ。

「半分くらいは勝人のせいでしょ」

「うぐ……」

暁に言葉で刺されて勝人は呻《うめ》く。

半分、と言われるとやや心外だが三割くらいはそうである自覚があるからだ。

とにかく忍が動けない以上、何かしらの代案を考える必要がある。

そうでなくても皇帝が《白虎関》でエルムとヤマトに切ってきた期日はもう僅かに過ぎているのだ。

いつリンドヴルムが攻め込んできてもおかしくない。

（さぁてどうすっかねぇ……）

勝人が真剣な表情で思案を始める。

そのときだった。

「おーい！　皆ッ！」

「たいへんだよ！　たいへんなんだよー！」

食堂のドアを勢いよく開き、エルクとルーの二人が転がり込んできた。

「っ……！」

「び、びっくりしたー！　もードアくらいもっと静かに開いてよ！」

突然の大きな音に気の小さい林檎と暁がビクリと跳ね上がるほど驚く。

文句を言ってやりたいのは勝人も同じだったが、転がり込んできた二人の真剣な表情に彼はそれを引っ込め、尋ねた。

「どうした。エルク、ルー子」

「い、いいからついてきてくれ！　外に！」

「はやく！　はやく！」

「……？」

慌ただしく手招《てまね》きする二人。

《超人高校生》一同はこれに首を傾げながらついていく。

そして二人に導かれるままエルムの庁舎から出て、

「おいおいマジかよ」

勝人は正門に立っている、ビューマの少年を連れた男を見て苦笑いした。

陽光に銀に光る白髪。

青と赤、左右で色の違う瞳。

見間違えるはずもない――

「ツカサさんッッ!!」

リルルが名を呼ぶ。

そう。庁舎前に立っていたのは、今まさに勝人がどう助けるかを思案していた、囚われの身にあるはずの御子神司だったのだ。

◆◇◆◇◆

リルルは彼の姿を見るや、弾かれたように駆け出した。

もちろん司に向かってだ。

一方、司の方もリルルの――生きている姿を見て驚く。

「リルル君……！　どうして君が……ッ！」

リンドヴルムの封印が解けたということは、リルルは殺されたものだと考えていたからだ。

実際殺されたのだが、彼女が復活に至る事情を司は把握していない。

驚くのは当然だ。

そんな司の両肩を駆けつけたリルルが摑む。

そして不安に揺れる瞳で問いかけた。

「ツカサさん！　無事なんですか⁉　何か変なところとか、ありませんかッ⁉　民主主義は間違っていたとか言いたくなったりしてませんか⁉」

林檎と勝人が何をされたかはリルルも聞いている。

だから彼ら同様、司も人が変わってしまっているのではないか。

リルルはそれを心配したのだ。

対し司は他人を安心させるための笑顔を浮かべ、

「まったく言いたくならないね。どうやら私の頑固さは《超人医師》の医術をもってしても治療できない重篤なものだったらしい」

諧謔《かいぎゃく》を含めた返しをする。

この司の変わらない在り方に、

「よかった…………、～っ」

「っと……」

リルルは感極まったように司の胸に殆ど体当たり同然にぶつかり、そのまま身を預けてすすり泣く。

そんなリルルの姿に司はなぜ彼女が生きているのかという質問を引っ込めた。

別に今すぐ解決しなければいけない疑問というわけでもない。

彼女が生きているのなら、それに勝ることはないのだから。

「すまなかった。私たちの仲間のせいで君を……とても怖い目にあわせてしまった。でも、こうしてリルル君とまた話ができて嬉しいよ」

ふるふると首を振るリルル。

「私も、ツカサさんとまたお話できて嬉しいです」

少し落ち着いたのかリルルは身を離し、涙を拭いながら微笑む。

これに司は――なにかをこらえるように目を閉じ、深く息を吐いてから頷きを返し、改めて先にエルムに集まっていた《超人高校生》たちの方を見た。

殆どのメンバーは居並んでいるが、一人足りない。

「忍は？」

これにクマウサが答える。

『クマ。シノブちゃんは頑張りすぎて倒れちゃったクマ。今はお休みしているクマ。でも回復に向かっているってさっき連絡があったところクマ』

「そうか。よかった。皆も、ひとまず無事で何よりだ」

「それはこっちのセリフだよー。よく脱出してくれたね」

「まったくだぜ。どんな手を使ったんだ」

「……皇帝と交渉をしてきたんだ」

司の言葉に林檎は首を傾げた。

「交、渉……って？」

「ああ。皆にも話しておかねばならない」

林檎の疑問に答える形で、司は語りだした。

帝国で起きた出来事のすべて。

桂音の野望。

リンドヴルムの目的。

葵との離別。

そして、リンドヴルムと約束した一年後の決戦についてを。

それを聞いて勝人は感嘆のため息をつく。

「逃げてくるばかりか勝負のルールまで作ってきたわけか。相変わらず仕事がはえーことで」

「じゃあ僕たちはその一年の猶予《ゆうよ》の間に、勝人や林檎ちゃんみたいにされた帝国の人たちの目を覚まさせる方法を用意しないといけないってことだね」

そうだと司は頷く。

「桂音君や葵君も向こうにはいるが、結局のところ向こうの計画はすべてリンドヴルムの強大な力ありきだ。リンドヴルムさえ押さえればこちらの勝ちと言っていい」

そう言った司に勝人は難しい顔で唸《うな》る。

「でもその条件は難しいぜ。なんたって桂音先生の治療とやらはこのオレにさえ『金なんてどうでもいい』って言わせちまうような代物だからな」

これに林檎もこくりと頷く。

これまでの自分の人生、そのすべてを覚えているのに、価値観そのものがガラリと変わってしまう。

その恐るべき強制力を二人は身を以て知っているからだ。

「……それでもオレが戻ってこれたのは、金によって何ができるかを知っていたからだ。だけどこの世界の大多数の人間はたぶんそれを知らねえ。毎日飢えることなく平和に暮らせるなら満足。そういう人間ばかりでもおかしくねえ」

二人が桂音の戒めから逃れられたのは『欲』のおかげ。

しかし『欲』の大きさは文明の大きさに比例する。

自らの生きる道すら限られていたこの世界の人々の『欲』は、《超人高校生》たちほどの大きさはもっていないかもしれない。

そうなれば帝国人たちにリンドヴルムのディストピアを捨てさせるのは難しい。

学問や娯楽、それらがもたらす進歩の一切を放棄した停滞《ていたい》した世界でも、毎日を絶対的な支配者の下で平和に生きられるのなら充分。そう思われてしまってはおしまいなのだから。

「皇帝に吹っ掛けたからには、そのへん何か策はあるのか？」

懸念《けねん》を含んだ勝人の問いかけ。

これに司は、

「もちろんだとも」

断言する。

不敵とすら言える笑みを浮かべながら。

そして告げる。

リンドヴルムの暴走を止めうる彼の腹案《ふくあん》。

《超人政治家》として、今とるべき最善の行動を。

それは――


「一年後、ここエルムで――万国博覧会を開催する」


「ば……っ」

「万博《ばんぱく》だあっ⁉」

《超人高校生》たちをたいへん驚かせるものだった。

第十章

CHAPTER 10

人の欲　人の罪

万博《ばんぱく》――万国博覧会。

地球で行われている、参加国が各々の国の文明や文化を持ち寄り展示する祭典である。

司《つかさ》はこの国際的なイベントを行い、これに《フレアガルド帝国》の市民と皇帝を招待することを宣言。開催にあたって《エルム共和国》《ラカン群島連合》《アジュール王国》《ヤマト皇国》の四カ国に参加を要請《ようせい》した。

このイベントこそが、今やすべての国共通の脅威《きょうい》となっているリンドヴルムを止めうる唯一の手段である、と一文添えて。

そうしてエルムの会議室に集まった各国の代表を前に、司は万博の概要を説明した。

『私の呼びかけに応《こた》え集まってくれたこと、まずお礼を申し上げる。

早速《さっそく》本題――万国博覧会、以降万博と呼ばせてもらうが、その概要を説明したい。

開催地はここ《エルム共和国》のギュスターヴ地方最南部コルニ平野。

開催時期は今から一年後。

各国には開催までに割り当てられたイベントスペースに、各国の文化、文明を展示するパビリオンを建設してもらいたい。

なお準備期間中、《エルム共和国》の協力によって、ギュスターヴ地方全域の関は解放され、一切《いっさい》の関税・通行税は非課税となる。

とはいえ、いきなりそんなものを作れと言われても完成図のイメージが湧《わ》きにくいだろうから、今回の万博の全体のテーマをここで発表しておく。

テーマは――『未来』だ。

過去から今に続いてきた文明、文化、人の欲が成す進歩。

その先に各国が見据《みす》える未来の形。

それを参加国はパビリオンという空間に展示してもらいたい。

その展望を以《もっ》て、洗脳された帝国人に閉じたディストピアではなく、我々の示す未来を生きたいと思わせ、リンドヴルム・フォン・フレアガルドの野望を挫《くじ》くのだ』

──そして司の説明を受けた各国は、すぐにイベントスペースにパビリオン建設のための資材運搬や人材の運搬《うんぱん》を開始する。

イベントスペースはちょっとした地方都市ほどの広さがある。

参加国で等分してもなかなかの規模。

ちょっとした街づくりにも等しい作業になる。

開催日から逆算すれば、作業は迅速《じんそく》に行わなければならないからだ。

コルニ平野は北方のギュスターヴ地方とはいえ、大陸中央部に限りなく近く、冬でも降雪《こうせつ》はないに等しいので、運搬も建設もすべてスムーズに進んでいた。

だが、──そんな中で動きのない国が一国あった。

北海の先にある雪国《アジュール王国》である。

「……はぁ」

アジュール代表、先の通商会議の功績で左大臣に昇進したセルゲイ・パヴロビッチは、岩に腰掛け、割り当てられたのっぺらぼうのスペースを見てため息をつく。

そんな彼の力ない背中に声がかかる。

「なんや。全然捗《はかど》ってないなーって思ったら、何しとんのよ。セルゲイの旦那」

「資材でお困りならエルムの方で都合しましょうか?」

「……リー総長。ユーノ議長……」

ちらりと肩越しに二人の顔を確認すると、セルゲイは二人に尋ねる。

「お前たちはこれで納得しとるのか」

「といいますと？」

「こんなお祭りみたいなのほほんとしたやり方で、本当にあのリンドヴルムを止められると思っているのかということだ！」

異世界万国博覧会を開く。

エルムの会議室でそう聞かされた時、セルゲイは耳を疑った。

今もだ。

国家の存亡がかかっているこの時期に、博覧会など――

「正気の沙汰《さた》じゃない！　ワシはてっきり、四カ国で同盟を結び、リンドヴルムに決戦を仕掛けるものだと思ったから総長の話に乗ったのだぞ⁉」

「なんや。そのことはもう会議のときに話がついたやんか。真っ先に嚙《か》みついとったのアンタやのに覚えてないん？」

「っ、覚えていないわけじゃない……ただ！」

そう、確かにセルゲイは会議のとき、すぐに司に嚙みついた。

のだが――

『待て待て待て！』

『どうした。セルゲイ大臣』

『話が違う！　四カ国で結び合って帝国と戦う！　そういう話じゃないのか⁉　ワシはその国際博覧会とかいうのんびりした催《もよお》しをするためにここに来たわけではないのだぞ！』

『違わない。話の通りだ。我々は万博という手段でリンドヴルムの理想と戦うのだ。この催しで帝国の国民が翻意《ほんい》すれば侵略は中止するという確約も、すでにリンドヴルム本人から取り付けている』

『だからそういうのじゃなくて、こう、他にあるだろう！　四カ国の軍をまとめた合従《がっしょう》軍を編成しドラッヘンを攻め落とすとか、いろいろ！』

『無謀だね』

『なっ⁉　なぜ！』

『こうなるのが関の山だ』

言うと司はパチンと指を鳴らした。

その瞬間、会議室の照明が落ち、司の背後のスクリーンにある映像が映し出される。

それは荒野で氷漬けになったままの新大陸豪族連合軍の姿だった。

『な、なんだこれは……！』

『……話にはきいとったけど、えげついなぁ』

『これは新大陸の様子を林檎《りんご》君の力で写し取ったものだ。これをリンドヴルムは剣の一振りでやってのけたらしい』

『っ、これ、を……これほどとは』

セルゲイもラカンからの噂《うわさ》で皇帝が原住民の大軍勢を剣の一振りで打ち倒したらしいとは聞いていた。

だが、千や万では到底及《およ》ばない、数えきれないほどの人間が氷漬けになっている有様《ありさま》を実際に見せつけられると、リンドヴルムのあまりに埒外《らちがい》な力に絶句する他なかった。

『古《いにしえ》の時代、この大陸を一度滅ぼした伝説上の怪物を取り込んだ今のリンドヴルムは、個人の機動力と国家規模の戦力を有している。戦争という形で相対してどうにかできる相手ではない。仮に我々が《神の雷》を使ったところで無意味だろう。

リンドヴルムという『武力』は完全だ。おそらく、我々が来た天界ですらこれだけの個人戦力は持て余す。

……だが反面、リンドヴルムの『理屈』は不完全だ。現にここに集まっている君たちは、リンドヴルムの作るディストピアで生きたいとは思っていないだろう？』

『あ、当たり前だ……っ』

『あんなん人の生き方やないしな。家畜も同然やで』

『そこが穴だ。彼の『武力』は万物を押さえつけるが、『理屈』は万人を納得させるほどの力はもっていない。なら責めるならこちらからしかない。そして、こちらから切り崩せば、我々は必ず勝利できる』

『天使様にしてはずいぶんと断定するんですね。帝国人が翻意する、と』

司の言いようにユーノが意外そうな顔をする。

『ただ日々を平和に過ごせればそれだけで充分。そう考える帝国人も多いと思うのですが』

彼女はヤマト騒乱の折、司が未来の断言を避ける言い回しを使っている姿を見ていたからだろう。事実、未来など神ならぬ者に見通せるはずがないのだから、司は軽々に断定したがらない。どんな事態になってもいいよう、思いつく限りの対応策を練っておくのが彼のやり方だ。

しかし、

『そうだね。私は政治に対してあまり断定的な言い回しを好まない。だが、今回ばかりは特別だ。何しろこれは人の『欲』の話だからね』

司はそう力強く断言した。

『確かにリンドヴルムの支配に現状納得している帝国人は多いかもしれない。桂音《けいね》君の洗脳が入っていればなおのことだ。だが――それは自分自身が欲《ほっ》するモノを知らないからだ』

『自分が欲するモノを、知らない？』

『そう。彼らはこの世界にどんな文明があり、学問があり、思想があるのか。その多くをそもそも知らないだけなのだ。

ならば教えてやればいい。

知れば欲する。欲すれば手を伸ばす。それが人だよ。

ユーノ君。かつてその日その日を平和に生きていられたらそれで充分だと言って、私の下に殴りこんできた君が、戦いすらも辞さない覚悟で《エルム共和国》という国家を守ろうとしてくれているようにね』

『――――!』

ユーノにとってそれ以上に説得力のある言葉はなかった。

知ることによる変化は、彼女や――――おそらくは《エルム共和国》の全員が身を以て体感したことだから。

そしてこの司の方針に、

『……まあ現実問題、リンドヴルムの『武力』と戦うより『理屈』と戦った方が勝ち目がありそうなんは同意や。ウチらが勝った時リンドヴルムがそれを素直に認めて約束を守るかは少し気になるけど、それは今言うてもしゃーない。ラカンはアンタの方針に従うで』

そう言って、現実主義者のラカンが真っ先に協力を表明する。

これに各国も続いた。

『ヤマトも異議なしじゃ。二度の戦争で疲弊《ひへい》しきったヤマトではどのみちロクに戦えぬしのぅ』

『エルムも武力衝突よりは交渉から入ることを望みます。それで解決するならばよし。武力の行使は最悪交渉が決裂した後からでも遅くはないはずです』
『アジュールはどうするんや？　一国でリンドヴルムの『武力』と戦うんか』
『うぅ…………』

先の会議で自分が渋々頷《うなず》いたときのことを思い出し、セルゲイは呻《うめ》く。

「あの時はお前たちが全員賛同するから……っ」

「何をガキの使いみたいなことを言うとんのよ。右大臣ともあろうお方が」

「ぐぅ……」

「他に代案もない以上、もう覚悟を決めてやるしかないんじゃないですか？」

「それにこれは共同作業なんや。アンタんとこのパビリオンで帝国人を白けさせたら承知せーへんで」

「……わかった。やればいいんだろうやれば」

二国の代表から睨《にら》まれたセルゲイは渋々そう答える。

実際、アジュールの軍事力だけではリンドヴルム覚醒《かくせい》前のフレアガルドすら止められないのは明らかなので、他三国が協力してくれないというのなら選択肢などない。

やるしかないのだ。――が、

「しかし未来といってもなぁ。アジュールの未来……そんなもの考えたこともないわい」

セルゲイは首をひねる。

彼はずっとアジュール王から与えられた仕事を手を抜きながらこなしてきただけだ。

自国の次世代の姿なんてものを考えたことはなかった。

そんなセルゲイにシェンメイは呆《あき》れたとため息を零《こぼ》す。

「なんやアジュールはそれすらもまとまってないんか。はよ考えて動き出さんと、せっかくのチャンスを逃がしてまうで」

「チャンス？」

この窮地《きゅうち》にどういう意味だと首をひねるセルゲイ。

その時だった。

大きな銅鑼《どら》の音がイベント会場に鳴り響く。

正午を知らせる銅鑼だ。

同時に、

『うおおおお！　飯の時間だぞ‼』

『急げ急げ！　いい場所を確保するんや！』

『どけ！　邪魔《じゃま》や！』

『ああ⁉　やんのかワレコラァ⁉』

ラカンのスペースから他の国のスペースに向かって、ラカンの労働者たちが無数の屋台を曳きながら走り出した。

屋台は他国の労働者たちの前で停止し、

『さあさあさあ！　ホッカホカの点心《てんしん》だよ！　おいしいよー！』

『寒い日は火鍋《ひなべ》！　これラカンじゃ常識よー⁉　一杯たった三ルク！　安いよー！』

『口直しに胡麻団子《ごまだんご》！　胡麻団子はいかがー⁉』

イベント会場に瞬《また》く間に市を建て、昼食の販売を始めた。

「なんだ、これは……っ」

「関税免除でいろんな国の労働者が一か所に集まる。こんな絶好のチャンス、ラカンの商人たちが逃《のが》すわけないやんか」

シェンメイは不敵な笑みで微笑む。

そう。万博に合わせて関税が免除になるのをいいことに、ラカンは労働者やパビリオンの設営資材と一緒に大量の商材をエルムに持ち込んでいたのだ。

エルムの代表であるユーノは苦笑いするしかない。

「……いえ、まったく予想していなかったわけではありませんでしたが、流石商魂《さすがしょうこん》たくましいですね。ラカンの人々は。でも商売も結構ですけど商材ばかり持ち込んでパビリオンの建設が進まないなんてことにはならないでくださいよ」

ちくりとユーノが刺《さ》す。

だがシェンメイはこれをカラカラと笑って否定《ひてい》した。

「そうはならへんよ。だってラカンは自分たちのパビリオンに、ラカンのすべてを詰め込んだ特大マーケットを作るつもりなんやからな！」

「え⁉」

それを聞いたセルゲイは驚きに目を剝《む》く。

人よりも多く稼《かせ》ごうと、喉《のど》が張り裂けんばかりに声を張りあい、よりいい場所を取り合って口論。果ては殴り合いを始める商人たち。

こんな欲のるつぼのような光景を潔癖《けっぺき》な世界を作ろうとしているリンドヴルムたちに見せようものなら、より強硬な態度をとりはしないかと懸念《けねん》したのだ。

それは当然の懸念だったが、

「ええんや。ウチらはウチらを誤魔化《ごまか》すつもりはあらへん。そのために戦うんやから。確かにリンドヴルムも面倒な問題やが、それはそれ。ウチらはこの機会をウチらなりに最大限生かすで。……それがウチらの思い描く未来図に繫《つな》がることやからな」

シェンメイはそう言うと踵《きびす》を返す。

そして、

「セルゲイの旦那。考えてみたらこの万博はいい機会かもせーへんよ。こない腰を据えて『未来』について考えたこと、ウチもあらへんかったからな。アンタも国の王様と一緒に考えてみたらええわ。……自分の国をどうしていきたいのか。自分の国の何を伸ばしていきたいのか」

いまだどんなパビリオンを作るか見えていないと言ったアジュールのセルゲイにそう言い残し自分のスペースへと戻っていった。

遠ざかるシェンメイの背中を見送るセルゲイ。

その傍《かたわ》ら、

「自分を誤魔化さないために戦う。確かにその通りッス。長いものにまかれるだけならリンドヴルム皇帝に逆らわなければいいだけの話なんスから」

ユーノはかしこまっていない素《す》の口調で、自分に言い聞かせるようシェンメイの言葉を反芻《はんすう》しながら、建設途中のエルムのパビリオンに目を向ける。

そして、

「エルムにもエルムこそが率先《そっせん》して未来に持っていかなければならないことがあるッス。そのためにも、この戦いは負けられないッスよ……！」

言うとユーノはセルゲイに会釈《えしゃく》し、パタパタとエルムのスペースに戻っていく。

二人の未来へ向かう背中を見つめ、セルゲイは考える。

「……アジュールは」

どこへ向かうべきなのだろうか。と。

それは王に窺《うかが》うべきことだが、右大臣として全く何の案も持って行かないのは不味《まず》い。

しかし国の未来など考えたこともないセルゲイにとって、これは難問だった。

とはいえ、一つだけ確かなことはある。

それは、リンドヴルムの主張する完全な世界などまっぴら御免《ごめん》ということだ。

娯楽や学問、数寄《すき》の一切を取り上げられ、安全な檻《おり》の中で飼われる。

そんな生になんの喜びがある。

自分たちは、リンドヴルムの愛玩《あいがん》動物ではない。

「ッ――――!」

そのときだった。

セルゲイの脳裏《のうり》に一つのアイデアが浮かんだのは。

「――――しかし、いや……」

だが、セルゲイは逡巡《しゅんじゅん》する。

果たして、こんなものを展示していいのだろうかと。

なぜなら彼の中に浮かんだアイデアは、ともすればリンドヴルムの神経を逆なでしかねないものだったからだ。

とはいえ、それも一瞬のこと。

ラカンも危険な出し物をやっているのだ。

いざとなったら責任は向こうに擦《なす》り付ければいい。

そう割り切ると、

「何が禁欲か！　愚《おろ》かしい！　モノの価値を理解できん田舎《いなか》の王が吹きよって！　本当に良いモノを知らぬからそんなふざけたことが言えるのだ。アジュールが誇る『贅《ぜい》の極致《きょくち》』で圧倒してくれるわい！」

セルゲイはアジュール王に相談するべく、岩から腰を上げて走り出した。

◆◇◆◇◆

冬が過ぎ去り、大陸に春が訪れる。

気候が安定したことで流通や人の移動がより活発になり、万博の準備も順調に進む。

――この世界には当然のことながら、飛行機もインターネットも普及していない。

異国というものは、現代日本人が想像するよりもはるかに遠いものだ。

故《ゆえ》に、見たこともない国の人間や文明が一堂に会するこの万博は、四カ国の人々の好奇心と学習意欲を大いに盛り上げた。

万博会場には連日、労働者以外にも商人や学者ら大勢の人々が詰めかけ、開催前だというのにお祭り騒ぎである。

一方、帝国も帝国でこのひと冬の間にリンドヴルムが掲《かか》げる完全な世界に向け、確実な前進を遂げていた。

「やあ！　今日も幸せだな！」

「はい！　今日も幸せです！」

「まあなんていい陽気なんでしょう。幸せですね」

春を迎えた帝国は、春の日差《ひざ》しよりも明るい笑顔と優しい言葉で溢れている。

この冬の間に主要都市から地方の集落まで、おおよそすべての地域に桂音の治療が行き渡ったからだ。

これに伴《ともな》い、富や学問といった不平等や競争の原因になるものが国土から消滅《しょうめつ》。貨幣《かへい》はなくなり、食料も配給制が導入された。

配給日になると元貴族や元奴隷の主婦たちが配給所に集まり、過去にとらわれず談笑する姿を見ることができる。

「あら。今日の配給には鶏肉がありますのね」

「食料が配給制になってから、毎日食事がとれて本当に助かっています。奴隷だったころは、食事をいただける日の方が少なかったので」

「御免なさいねぇ。昔はわたくしたち貴族が意地悪をしていましたから。本当に愚かなことをしていたと思うわ。それに気付かせてくれたケイネ様と皇帝陛下には感謝しかありません」

「もう過ぎたことですよ。それよりもどうでしょう奥様。今日はお肉もありますし、私たち元奴隷と元貴族の皆さまでバーベキューをしませんか？」

「それは素敵ですわねぇ。是非そうしましょう」

過ぎた欲を持たず、憎しみに振り回されない――『良い心』。

人々の間に行き渡ったそれは、帝国に生きる人々の間から一切の確執と競争を無くした。

人々は互いに争うこともいがみ合うこともなく、平和な日々を謳歌《おうか》している。

そんな街の様子を神崎《かんざき》桂音は散策《さんさく》しながら見つめる。

そして強く思う。

（これこそが人のあるべき姿ですわ）

星は広く雄大。

人が生きるために必要なものは充分に存在している。

だというのに、その充分な資源や土地を一部の人間が野蛮な暴力や小賢《こざか》しい法律でこれを占有し、不足させ、持たざる者たちを生み出すなんて、なんと愚かしいのか。

すべては神が人に生きるのに必要以上の『欲』を与えた結果だ。

そのひどい手抜かりの結果が、持たざる者が持たざる者から殺し奪うあの世界。

（あんな世界を作り出した神を、わたくしは許しませんわ）

神の手抜かりは、自分が医術を以て修正する。

行き過ぎた『欲』によって狂ってしまった幸福の尺度。

それを正し、作り変えるのだ。

この世界も、地球も。

リンドヴルムとならそれができる。

彼は心から人を憐《あわ》れむ、正しい支配者だからだ。

彼の支配には一切の私欲がなく、ただただ自分で正しい道を選ぶこともできない弱い人間を導こうとしているし、何よりそれを成し遂げる覚悟と力を持っている。

そんな理想的な支配者である彼が資源と法を管理し、自分が人の心を治療する。

いずれ世界は、必要な分の糧《かて》を得て生きるだけで満ち足りることのできる『良い心』を持った人間で満ちることだろう。

そこには一切の争いや不平等は存在しないに違いない。

（まさに、完全な世界——）

ようやく届く。

誰《だれ》も争わず、誰も損なわない。

あの医療キャンプ襲撃の日から、、、、、、、願ってやまなかった世界に。

目に映る光景に、ずっと夢見てきた理想に近づいている確かな手ごたえを感じる桂音。

高揚感に鼻歌を歌いながら彼女は街を闊歩《かっぽ》する。

そのときだった。

「あら?」

視界の端に何かがキラリと輝きを放った。

振り向く。

輝きを放ったのは、すれ違った町民の少女のブレスレットだった。

「失礼。その腕のブレスレットは……?」

「あっ、天使様。こんにちわ」

呼び止めると少女は笑顔で綺麗《きれい》な会釈《えしゃく》を返してきた。

教養を感じさせる所作《しょさ》だ。

たぶん元々は相応の家柄の娘なのだろう。

「これは私のお兄様が綺麗《きれい》な石を見つけて、作ってくれたんですっ」

輝くような笑顔で少女はブレスレットを見せる。

一瞬没収《ぼっしゅう》したはずの宝飾品かと思ったが、そうではなかった。

少女のブレスレットはそのあたりに落ちている白い石に穴をあけ、紐《ひも》を通した素朴なものだった。

一つ一つが濡《ぬ》れたように輝いているのは、手間をかけて磨き上げられたからだろう。

作った人間の愛情が伝わってくる。

「天使様。私の家は先の遠征でも一軍を任された大きな家だったんです。だから誕生日には色んな宝石のついたアクセサリーをたくさん貰いました。それはどれもキラキラしてキレイでした。——でも、私、このブレスレットが今まで貰ったプレゼントの中で一番嬉《うれ》しいです！」

「とてもお似合いですよ。素敵なお兄さんですね」

「はいっ！　ありがとうございます！」

桂音は少女と手を振って別れる。

少女の年齢は桂音より五つほど下くらいだろうか。

ともすれば、少し前の欲望に満ちた世界では、あのような手作りの装飾品では喜べなかったかもしれない。

しかし、幸福の尺度が是正《ぜせい》された今は違う。

これも自分の医術の成果だ。

それを思うと桂音は言葉にできないほどの幸福と達成感を感じ、同時に確信する。

司が吹っかけてきた勝負。

あんなもの、自分たちにとって何の障害にもなりはしないと。

きっと司は帝国の人々の欲を煽《あお》ろうとしているのだろうが、無駄なことだ。

彼らはもう本当に大切なものが何なのか、それを知っているのだから。

それを彼らは手放したりはしない。

必ず、自分とリンドヴルムの作り出す永久の平穏を選び取るだろう。

自分たちは、何も間違って、いない。

◆◇◆◇◆

夏も盛りを迎え、万博の準備はいよいよ佳境《かきょう》に入る。

開催を間近に控え、各国は順調に準備を進めていた。

日の落ちきる前に珍しく手の空いた司は、会場を散歩しながらその進捗《しんちょく》を見て回る。

最初はアジュールあたりがその気になってくれるか心配だったが、それも杞憂《きゆう》だった。

ともすれば彼らのパビリオンは、他のどの国よりも労力がかかっているかもしれない。

だが他が見劣《みおと》りするかと言えば、もちろんそんなことは無い。

司はこの世界の人々が各々に見据える未来の形に感じ入り、眩《まぶ》しそうに目を細める。

ふと、その視線の端に見知った少女の姿を見つけた。

エルムのパビリオンで働く労働者たちへの炊《た》き出しを行っている、金髪のエルフ、リルルだ。

「………」

この半年以上、リルルとはほとんど言葉を交わしていない。

別に険悪になったわけではない。

単純に、一年間という短い準備期間で会場を完成させるために、《超人高校生》たちは総力を挙《あ》げて各国をアシストしていたからだ。

でも、その多忙な日々の中でも、司はちゃんと覚えている。

――ツカサさんにどうしても伝えたいことがあるんです。

富濃《とみの》盆地での戦いの前に交わした約束。

そこに込められていた彼女の感情を。

（……）

決着を付けなければなるまい。

気付いた以上、見なかったことにはできないのだから。

彼女の気持ちも。

そして――自分の気持ちも。

「リルル君」

「あ、ツカサさん！　お疲れ様です！　ツカサさんもご飯ですか？」

「いや――」

シチューを入れたお椀《わん》を差し出そうとしたリルルを手で制し、司は言う。

「炊き出しが終わったら、エルムの資材置き場に来てもらえるだろうか」

「……？　それは構いませんが、どうしてそんなところに」

「リルル君と二人だけで話したいことがあるんだ」

「────、ふぇっ⁉」

二人だけ。

その言葉にリルルの白い肌が赤く染まる。

「私は先に行って待っているよ」

そんな彼女に多くは語らず、司は踵《きびす》を返した。

◆◇◆◇◆

（一体どうしたんでしょう）

司からの呼び出しにリルルの胸がドクドクと高鳴る。

不思議だった。

確かにリルルは司に想《おも》いを寄せてはいるが、ただ呼び出されただけでどうしてこんなにも胸が高鳴るのだろうか。

最近あまり話す機会がなかったからか、あるいは二人きりというワードがきいているのだろうか。

そんなことを考えながらリルルは仕事を片付け、急ぎキャンプの風呂《ふろ》へ向かった。

季節は夏、外で丸一日働けば当然汗臭《あせくさ》くなっている。

さっきのような人混みなら誰の匂《にお》いか飽和してわからなくなるだろうが、夜の資材置き場に人なんていない。司を待たせるのは忍びないが、そのまま待ち合わせに向かうのは女として到底許容《きょよう》できないことだった。

リルルが待ち合わせ場所に着いたのは、約束してから二時間ほど後のこと。

彼女は小走りでキャンプから資材置き場に向かい、うず高く積まれた木材や鉄材の山の上に座っている司の姿を見つけ、声をかける。

「お、おまたせしました！」

その声に彼は反応し視線を落とした。

「……すまないね。急に呼びつけて」

「いえ、そんなことは、全然」

言うとリルルは軽快に資材の山を登って、司の傍《そば》に向かう。

このあたりは流石山育ちの娘だ。

彼女はあっというまに司の隣までやってきて、腰を下ろす。

「あ――」

と、リルルの口から小さな驚きが零《こぼ》れた。

彼女の視線は、リルルを待つ間、司が飽きることなく眺めていたものに吸い込まれる。

夜間照明に照らされ、今もなお作業が続く万博会場だ。

「すごいですね……」

「林檎君が電線を引いてくれたおかげで夜も安全に作業ができるようになったからね。何とか間に合いそうだよ」

「あ、でもラカンのパビリオンは全然完成していないみたいなんですけど……」

すこし不安げな顔になるリルル。

ラカンにあてがわれたスペースは、紐《ひも》を結んだ杭《くい》や看板が雑に打ち立てられているだけで、ほぼほぼふきっさらしの平野のままだからだ。

だが、そんな彼女に司は大丈夫だと言った。

「あれはもうあれでほぼ完成しているんだよ」

「え⁉ 殆ど最初のままなのに、ですか？」

「傍《はた》から見ると確かに平野のままだが、ラカンの製作費の使い方はなかなかにユニークだよ。主幹事《かんじ》として企画書を受け取ったときは感心したものさ。きっと帝国の国民も大いに喜ぶことだろう」

流石元大商人のシェンメイ。

『欲』を奪われた人々にいかにして『欲』を取り戻させるか。

物事の肝《きも》をよく理解していると司は称賛《しょうさん》する。

まあ他ならぬ彼がそういうのなら、進捗に問題はないのだろうとリルルは思う。

ただ、もう一つ彼女には気がかりなことがあった。

それは、

「……でも、無事会場が完成したとしても、帝国の人たちは、私たちの未来を選んでくれるでしょうか」

「心配かね？」

こくりとリルルは頷く。

「私も寒村の出ですから。……貴族の気まぐれで明日をも知れぬ生活を送ってきました。あの時の私なら、皇帝陛下やケーネ先生の提示する未来、約束されたその日生きるのに必要な食事と平和はとても魅力的に見えたと思います」

「だが今は違うだろう。我々がもたらした自由と文明を知った今は」

「それは、もちろんです」

「つまりはそういうことだよ。知らなければ欲しようがない。だったら教えてやればいい。当日ここには世界中の現在と未来が集《つど》う。その中にきっと見つかるさ。彼らが心から欲しようとするものも」

リルルの気がかりに司は同じ疑問を口にしたユーノに対して返したものと同じ答えを示す。

ただ、その上で――

「見つかれば欲する。……私のように、ね」

彼は今日の本題に入るための一言を付け加えた。

◆◇◆◇◆

「ツカサさんのように…………？」

首を傾げるリルルに対して、司は深く頷く。

「ああ。私も失ってようやく気付いたんだ。自分のなんとも身勝手な『欲』の形に」

言って、司は隣に座るリルルを真っすぐに見つめた。

「……ツカサ、さん？」

リルルの瞳《ひとみ》が困惑《こんわく》に揺《ゆ》らぐ。

彼女は気付いたのだ。

その自分を見つめる左右色違いの瞳に、いつもと異なる感情が宿っていることを。

それは――司の『欲』。

彼はリルルと視線を交わらせながら、言葉を続ける。

「牢の中で目覚めたとき、状況が最悪なものになったことはすぐわかった。我々は富濃盆地で敗れたと。その敗北が意味することは……リルル君、君の死だ」

「…………」

「私たちは君を守れなかった。それを悟《さと》ったとき、私はとても動揺した。君ともう言葉を交わすことができない。君を永遠に失ってしまった。

そのことに心がかき乱されて、泣いて、叫んで、——そして気付いたんだ。自分の中でリルル君がこれほどに大きな存在になっていたのだと」

「ッ〜〜〜〜!!!!」

司の言葉に、隠そうともしない強い好意に、リルルの瞳が大きく見開かれる。

頬《ほお》が真《ま》っ赤《か》に紅潮し、瞳には強い狼狽《ろうばい》が浮かぶ。

司からこんな話を持ちかけられるなど、思ってもみなかったのだろう。

実のところ、自身も初めはそんなつもりはなかった。

富濃盆地でリルルの好意に気付いたときは、それを拒絶するつもりだったくらいだ。

政治家として、いついかなる時も国民のために——他人のために尽くす生き方を心に決めている彼は、最愛に対し最愛を返せない。

そんな自分が他人の愛を受けたいなど、自分が返せない物を他人に求めるなど、強欲《ごうよく》も甚《はなは》だしい。厚かましいにもほどがある。そう思っていたから。

しかし、

それを恥じながらも、渇望《かつぼう》していた自分の存在に彼は気付いてしまった。

一度失くしたことで、どうしようも無いくらいはっきりと理解してしまったのだ。

ならばもう誤魔化《ごまか》すことはできない。

気付いた以上、嘘《うそ》はつけない。

だから、

「私は、知っての通り自分の親すら他人の犠牲《ぎせい》にするような男だ。

たぶんそれは、私が政治家という立場にあり続ける限り変わらない。変えられない。

しかし——もしリルル君がそんな私を許してくれるのなら、一緒に、地球に来てはくれないだろうか。

側《そば》に居てほしいんだ。私の罪を打ち明けた日、私のために泣いてくれた君に」


司は真っすぐに、自分の胸の内をさらけ出した。

胸中を焦《こ》がす『欲』の形を。

彼女を求めてやまない、自らの想いを。

これにリルルは——、口を開く。

先ほどまでの驚きや恥じらいではない。

──少し呆《あき》れたような微笑みで、

「ツカサさんは、勘違いをしています」

「勘違い……？」

はいとリルルは頷く。

「私がツカサさんを許せないとしたら、それはツカサさんが自分や自分の家族より、他の大勢の人々の幸せを優先する生き方ではなく、そんな生き方をする自分が嫌われて当然の人間だと考えていることに対してです。感謝も愛情も、受けるに値しない人間だとご自分を蔑《さげす》んでいることです」

「……！」

「そんなことでツカサさんのことが許せなくなるなら、私は御領主様の一件でとっくに貴方から離れています。

だけど私はここに居る。

許すとか許さないじゃない。ここに居たいからいるんです。

自分よりも、家族よりも、よりたくさんの笑顔のために頑張ってしまう、そんなツカサさんのことを、誰よりも傍《そば》で支えていたいから……」

ふわりと、温《ぬく》もりが司の両手を包む。

手を握るリルルの体温。

その温もりは、司に霞《かす》むほどに遠くなった記憶を思い出させた。

いつかの夕暮れ。

手を繋ぎ、家族三人で街を歩いていた記憶。

両手に感じる自分を愛してくれる者の体温を。

それが、彼に伝える。

自分が愛されているのだということ。


「大好きです。貴方が歩もうとしている険しい道行きの隣《となり》を、私に歩かせてください」

程よく冷えた夜の風が吹き、雲間から月が顔を出す。

月光に金色の髪を濡らした彼女の姿は、まるで月の妖精《ようせい》のよう。

魅入《みい》られるように司は彼女に顔を近づけ、
二つの影が重なる。

生まれる一粒の真珠のような輝き。

リルルは目尻に涙を浮かべながら、幸せそうにはにかんだ。

「……今、私にもわかりました。ツカサさんがどうして必ず勝てると言ったのか」

「そうだろう」

司は微笑《ほほえ》みを返し、視線を今もなお作業が続いている万博会場に向ける。

そして強い確信を込めて言った。

「勝てるさ。桂音君は気付いていない。自分がどれほど大きなものに戦いを挑《いど》んでいるかを。それを教えてあげなければね」

◆◇◆◇◆

エルムで万博の準備が佳境《かきょう》を迎える少し前。

丁度夏の暑さが一番厳しくなる頃《ころ》。

帝国では……ある事件が起きた。

暴力事件だ。

もっとも暴力事件といっても、少女同士の喧嘩《けんか》で、互いに張り手を二、三発みまい合った程度なのだが、問題は被害の大小ではない。

他人に暴力を振るう。

それ自体が、リンドヴルムの統治下にあってあるはずのない出来事なのだから。

帝国の臣民《しんみん》は皆、桂音によって『欲』を取り除かれた『良き心』の持ち主であるが故に。

なのになぜ。

桂音は、千里眼《せんりがん》の魔法でこの騒動を誰よりも早く察知し、テレポートでこれを諌《いさ》めたリンドヴルムに呼ばれ、暴力事件を起こした当人に話を聞くことになった。

だが、その少女の顔を見て桂音は心底驚く。

暴力事件の当事者は、あの日、桂音がブレスレットを褒《ほ》めた少女だったのだ。

話を聞けば、少女は友達の少女と遊んでいるときにまさにあのブレスレットのことで友達と口論になったという。

二人は互いに同じような石のブレスレットを持っていて、そのどちらが綺麗かを言い争ったのだ。

実のところ、石のアクセサリーをプレゼントする行為は、リンドヴルムによって金銀財宝の一切が没収された後から、帝国内で広く広まった一つの流行だった。

少女の兄が少女にブレスレットをプレゼントしたのも、その噂《うわさ》を聞いたからだろう。

そして同様に、少女の友人も、姉からブレスレットをプレゼントされていた。

いつも通りの会話の中。

ふと話題に上った互いのブレスレット。

最初は互いのいいところを褒め合っていたが、会話はやがてどちらがより綺麗かという話に変わっていき、そこは互いに譲《ゆず》らなかった。

自分の方が出来がいい。

綺麗だ。

なぜなら、大切な家族がプレゼントしてくれたものだから、と。

口論はやがてヒートアップし、どちらからともなく叩き合いになり、皇帝の介入《かいにゅう》に至ったという。

桂音はこれにひどく困惑した。

自分の手術によって『欲』を取り除かれた二人が、何故《なぜ》互いを比べあおうとしたのか。

これで四人目だ。

最初の三人は自分と同じ《超人高校生》と呼ばれるような傑物《けつぶつ》。

ある種規格外のイレギュラーが生じても、納得のしようはある。

しかし、今回はただの少女だ。

一体なぜ彼女は、人を傷つけるほどの『欲』を取り戻してしまったのか。

やはり自分の手術に、何か手抜かりがあったのか。

桂音の自尊心はひどく揺さぶられる。

そして、——彼女にとって悪いことに、この事件はこれっきりでは終わらなかった。

少女の一件を皮切りに、同様の事件が帝国全土で相次ぎ始めたのだ。

それは少女の一件同様の比べあいからの口論に始まり、綺麗な石を巡《めぐ》っての暴力事件、果ては殺人未遂《みすい》まで。

桂音と皇帝はこの対処に追われ、やがてそのあまりの頻度《ひんど》に、質素であろうと装飾品の一切を禁止する決定を下した。

同時に、服装を性別年代ごとに厳格《げんかく》に取り決める。

一切の個性を排《はい》し、言い争う理由を無くすために。

だが、これは無意味だった。

なぜなら服装を統一しても、今度は着こなしで人々は他人との差をつけ始める。

それを規制しても、家の外装を工夫したり、庭に花を植えたり、髪型に工夫をしたり、日々の料理に手間を加えたり――

人は各々が各々に、最低限のもので満ち足りる生活に工夫を凝《こ》らし始めた。

そしてそれは、コミュニティ内での格差の原因となった。

今よりもより良きを求め、より良きを羨《うらや》み、より良きを妬《ねた》む。

すべては『欲』から来る衝動《しょうどう》だ。

リンドヴルム体制が敷かれて半年ほどが経《た》った帝国は、ギシギシと軋《きし》みを上げて壊れ始めていた。

――いったい何故。

取り除けない人の『欲』。

この現実に、桂音は次第に追い詰められていった。

「〜〜〜〜ッ！　どうして、どうしてなのッッ！」

帝都ドラッヘンに与えられた自室。

机の上の薬品をヒステリックに薙《な》ぎ払《はら》い、桂音は頭を抱える。

その目が困惑と怒りにぎらつき、口元からはいつもの患者を安心させるための微笑は失せ、ガリガリと掻《か》き乱《みだ》す髪の毛はもうずいぶんと櫛《くし》が入れられている様子がない。

連日入ってくる『欲』によるトラブル。

その対応自体は難しくなくとも、自分の治療が適切ならばありえるはずのない現象に、精神の方が参《まい》ってしまっているのだ。

そんな桂音の姿に、ずっと彼女の傍に助手としてついている葵《あおい》は思った。

(こんなに余裕のない桂音殿をみるのは…………あの日以来でござるな)

思いだす。自分と桂音が出会った日のことを。

◆◇◆◇◆

あれは葵がまだ中学に上がったばかりの頃。

その頃から彼女はすでに、戦地で力なき人々を守る活動をしていた。

故に知っていた。

自分のような武力ではなく、医術で同じような活動をしている少女の噂を。

そしてある日。

その噂の少女がいる医療キャンプが、テロリストたちの襲撃《しゅうげき》を受けているという知らせが、葵の下に飛び込んできた。

医薬品や食料、医者を人質として攫《さら》うための略奪だ。

もちろん見殺しになどできない。

葵は急ぎ救助に向かった。

そして、そこで見たのだ。

武器も持たない小さな手で武装した屈強な兵士に摑《つか》みかかる神崎桂音の姿を。

『家を奪って！　国を奪って！　そのうえどうして命まで奪うの!!　やっと助かったのに！　やっとの思いで助けたのにッッ!!　そこまでして貴方たちは何が『欲しい』のよッ!!』

見開きすぎて目尻が裂けた眼から血の涙を流し、桂音は怒る。

見れば彼女の背後には、数えきれないほどの焼死体が転がっていた。

おそらくはこの医療キャンプの患者たちだろう。

人質としての価値もない難民。

生け捕《いど》りにする意味もないと、油で焼き殺したのだ。

こんな残虐《ざんぎゃく》を平然と行うテロリストたちが、自分に食って掛かってきた小娘を無事に済ませ
るはずがない。

桂音はライフルで殴り飛ばされ、あっという間に組み伏せられる。

テロリストたちが彼女に群がり白衣を引き裂く。

『そこまでだ下郎《げろう》ッッ!!』

目の前の少女に気をとられ、葵の接近に気付けなかったことは致命傷になった。

すぐさま彼らの至近《しきん》に飛び込んだ葵は、五分とかからず三十人規模の武装集団を鏖殺《おうさつ》。桂音以下、人質に取られていた医者たちを救出した。

もっとも医師団は救出されたが、キャンプはボロボロ。

生き残った医者たちも多くが傷つき、これ以上の活動は不可能だった。

医師団のリーダーは撤収《てっしゅう》を決め、無事な医薬品や機材の回収を生き残った仲間に指示する。

だがそんな中、桂音だけは一人離れたところに座り込み、天を仰《あお》ぎ呆然《ぼうぜん》としていた。

ショックだったのだろうとリーダーは言った。今は大人の男は近づかない方がいい。同じくらいの歳《とし》の少女である葵に声をかけてきてほしい、とも。

これに葵は頷き、桂音に近づく。

このときのことを葵は今でもよく覚えている。

このとき感じた、空恐ろしい感情を。

『……殺す、殺す殺す殺す殺す殺す殺す殺す殺す殺す殺す殺す殺す殺す殺す殺す殺す』

桂音はショックで放心していたのではなく、枯れてろくに声にもならない喉《のど》で、唇が裂けるほど呪詛《じゅそ》の言葉を吐き続けていたのだ。

『大丈夫。奴《やつ》らはもう拙者《せっしゃ》が片付けたでござるよ』

最初、葵は桂音がテロリストたちに怒っていると思った。

しかし、

『……違う』

桂音は否定すると、立ち上がる。

『彼らは病人です。『欲』という病に侵され、人を『愛』する心を見失った哀れな病人なんです。悪いのは彼らじゃない。悪いのは、——人に『欲』を与えた神ッ!! 私は許さない！　人に完全な心と身体を与えなかった無能な創造主を！　お前が与えなかったものを私が全部与えてやる！　完全な身体も！　完全な心も！　すべて!!　そうなったらお前なんてもういらない!!』

血の涙を流しながら桂音は空に手を伸ばす。

そして砂塵《さじん》の奥から地表を見下す太陽を、ぐっと握りこんで言った。

『私は、——神《おまえ》を殺してやるッッ!!』

天に唾《つば》を吐くように。

◆◇◆◇◆

見える範囲の人間だけじゃない。

虐《しいた》げられている力なき人々だけじゃない。

この時代に生きるすべての人間。

善人も悪人もひっくるめ、すべてを神の代わりに救おうとする桂音の姿。

それに葵は、——危《あや》うさを感じた。

それが一人の身に背負うには重すぎる理想に感じたから。

そしてその印象は今も変わっていない。

いや、危うく感じる気持ちは一層強くなった。

なぜなら、桂音には彼女が語った夢物語のような理想を現実のものにしてしまう圧倒的な才能が備わっていたからだ。

戦場で医術に磨《みが》きをかけ、ついには人の『欲』すらも治療する術を身につけ、そして今まさに神になり替わろうと行動を起こしている。

葵は……そんな桂音の姿に不安に思う。

誰よりも高く飛べる人間は、誰よりも高いところから落ちることになる。

天を掴《つか》もうとする彼女の願いが、どうしようもない形で打ち砕かれたとき、彼女はその現実に耐えられるのだろうか。

この誰よりも優しい少女が、
優しいが故に人の領域に留まれなかった少女が、
自分の強すぎる『愛』に押しつぶされてしまわないか、と。


（……あ、）


このときふと、葵は気が付いた。

『桂音君。君のしている事は必ず失敗する』

自らが凡人であることを知る故に、物事の断定を嫌う司があぁまで強く断言した、その理由に。

（司殿は…………初めからわかっていたのでありますな）

桂音の理想の、どうしようもない間違いに。

なんということだ。

確かにこれは——成功するはずがない。

それに遅まきながら気付いた葵は、顔を伏し苦《にが》い笑みを浮かべ、

「葵さん」

「！」

呼ばれて顔を上げた。

「新しい術式を試したいので……、四人ほど、一時拘留《こうりゅう》している患者さんを連れてきてください ますか？　皆さんの病気を治すためです」

穏やかなのは声だけだった。

その瞳は大きく見開かれ、切れた目尻から血が流れている。

出会った日と同じ、壊れかけの表情。

今ここで自分が気付いた間違いを指摘すればどうなるだろう。

彼女は本当に、壊れてしまうのではないだろうか。

（拙者は、託《たく》された）

桂音を頼むと。

今桂音を守れるのは、きっと自分だけだ。

だから、

「その必要はないでござるよ」

葵はするりと服を脱ぎ捨てもろ肌をさらすと、桂音に微笑みかけた。

「実験なら拙者が付き合うでござる。拙者は桂音殿の共犯でござるからな」

そして――

夏が過ぎ、秋が深まり、肌寒さを感じるようになった頃。

ついにリンドヴルムの下へ、万博への招待状が届いたのだった。

LAST CHAPTER

最終章

新しい時代へ

何故《なぜ》争う。

何故奪う。

何故分けあわない。

皇族として生まれたリンドヴルムの目に、世界はひどく歪《いびつ》に見えた。

皇族や貴族は使いきれないほどの財を持ちながら、より多くを必要以上に欲し、明日をも知れぬ民からより多くを奪う。

それが当たり前に行われる世の構造そのものが、彼にはまるで理解できなかった。

それを当たり前と思う皇族や貴族も、それに甘んじる平民たちも。

あまりにも理解できないから、子供の頃一度、彼は平民に扮《ふん》し、国土を巡《めぐ》りながら話を聞いて回った。そして彼はその旅で知る。平民が決して、搾取《さくしゅ》されることに納得しているわけではないことを。

平民は多くの不平不満を抱えていた。

だがそれでも、その現状を変えるべく行動を起こそうとするものは殆《ほとん》どいなかった。

一部の者が行動を起こしても、同調する者は不満を抱えている人間の絶対数に対して非常に少なく、すべては小規模な反乱として鎮圧《ちんあつ》されるだけ。

いったいどうして統治者も、統治される側も、もっと上手《うま》くやれないのか。

考えた果てに行きついた答えは、非常にシンプルなものだった。

――ああつまり、この連中は上から下まで、揃《そろ》いも揃って愚《おろ》か者ばかりなのだと。

彼らは皆羊飼いが居なければ家にも戻れぬ羊の群なのだ。

ならば自分が彼らを統治し、そして正さなければならない。


『我々が、貴方の内に眠る力を目覚めさせる手伝いを致しましょう』


自分はそれを成し得る力を以《もっ》て生まれた、《超人王》なのだから。

いわば運命に定められた義務。

その義務を果たすために、始めよう。

古い世界を終わらせるための戦争を――

「…………ん」

リンドヴルムは瞼《まぶた》を開き、気付く。

自分が玉座で転寝《うたたね》をしていたことに。

……子供時分の夢を見ていた。

彼が《超人王》となるべく立志《りっし》する以前の夢を。

《邪悪な竜》を飲み込んでから、睡眠の必要をあまり感じなくなったが、それでも全《まった》くとらなくていいわけではないようだ。

リンドヴルムがそう自己分析していると、桂音《けいね》と葵《あおい》が謁見《えっけん》の間にやってきて、告げた。

「陛下。準備が整いましたわ」

「わかった」

リンドヴルムは応《こた》えると玉座から腰を上げる。

今日は、約一年前司《つかさ》と交わした約束、その成果を問う日なのだ。

◆◇◆◇◆

その日。

フレアガルドの帝都ドラッヘンの外に、二十万もの国民が集められた。

その光景は異様なものだった。

人数の規模の大きさもだが、何より帝国の民の姿が異様なのだ。

老若男女、全員が頭を丸刈りにし、同じ服装を同じ着こなしで纏《まと》っている。

夏ごろから頻発《ひんぱつ》した『欲』の発露。

それにリンドヴルムと桂音は民を限りなく没個性化することで対応したのだ。

「帝都の人間を全員集めるなんて、皇帝陛下はどうされたんだろうな？」

「わからない。だが重要な発表だという話だぞ」

「また戦争になるんじゃないだろうか」

「まさか。皇帝陛下によってこの世界から戦争は取り払われたんだ。そんなことにはならないさ」

集められた国民は突然の召集に不安げな表情を浮かべる。

そのときだ。

『リンドヴルム皇帝陛下のおなーりーぃ!!』

喇叭《らっぱ》の音が秋空に鳴り響き、彼らを集めた張本人が、集まった二十万を見下ろせる城壁の上に姿を見せる。

リンドヴルム・フォン・フレアガルド。

その後ろに神崎《かんざき》桂音と一条《いちじょう》葵が続く。

「帝国の臣民よ。今日は皆に重大な話がある」

リンドヴルムは二十万の民を見下ろすと話を始める。

「皆も知っての通り、この一年、我は真の平和と平等を成すために様々な活動に取り組んできた。あらゆる格差を取り払い、格差の原因となる富や学問を禁じ、皆の病んだ心を治療することで幸福の尺度を正し、誰《だれ》もがその日その日を満ち足りて生きることのできる世界を作り上げてきた」

これに集まった民は頷《うなず》く。

その通りだと。

「だが。この取り組みに異を唱える者たちが存在する。我がしていることは洗脳であり、そこに民の幸福は存在しないと」

「そんなことはありません！」

民の誰かが強い口調で否定《ひてい》する。

「我々は皇帝陛下のおかげで、『欲』という病から解き放たれたのです！」

「たいへん感謝しております皇帝陛下！」

国民の中には『欲』の再発が見られた者も居たが、大多数はリンドヴルムのやり方に疑問を感じていないからだ。

なぜなら――、民の大多数は元平民。

その日生きられればそれ以上の幸せはない。

そういう生活をしてきた者たちだからだ。

「無論我はわかっている。お前たちが我の世界に満ち足りていることを。だが愚かなエルム、ヤマト、ラカン、アジュールの者どもはそれを理解しようとしない。そこで蒙昧《もうまい》な連中にもわかる形で我の完全な世界の成果を示してやろうと思う」

「それはどのようにしてでありますか？」

「これより皆を、エルム、ヤマト、ラカン、アジュールの者たちが開催している万国博覧会の会場に連れていく」

「万国、博覧会？」

聞きなれない言葉に帝国の民は首を傾げる。

「そこで奴《やつ》らは我の支配を拒《こば》み、自分たちの野放図《のほうず》な『欲』で描く未来を展示している。その未来と、我が作る完全な世界での平和な未来。お前たち自身がどちらの未来を生きたいのか、それを見定めるのだ」

リンドヴルムの言葉にざわめきが大きくなる。

そこに滲《にじ》む感情は『どうしてそんなことをしなければならないのか』という困惑だ。

「我の完全な世界で生きたいか、争い憎しみ渦巻く欲深き世界に立ち戻りたいのか、今日お前たちはお前たち自身の意志で選ぶのだ。それでお前たちが奴らの世界を選ぶのなら、我は王の座を退き世界は元の欲深き世界に戻る」

「そんな！」

「私たちを見捨てないでください皇帝陛下！」

「リンドヴルム皇帝陛下ァ！」

リンドヴルムの退陣を示唆する言葉に、民衆の困惑は一転悲鳴に変わる。

幸福の尺度を変えられた彼らにとって、今の平穏を失うことはとても恐ろしいことだからだ。

その様子をリンドヴルムは一望し、告げる。

「ならばその答えを蒙昧な者どもに突き付けてやればよい。さすれば我はお前たちの王として、お前たちに永久の平和と平等と——幸福を約束してやろう！」

そして、何も無い空中から黄金の大剣を引き抜くと、空に掲《かか》げた。

瞬間、集まった人々の足元に巨大な魔法陣が出現。

黄金の輝きを放ちはじめ、

「では往くぞ」

その一声と共に、二十万の人間が光の中に飲み込まれた。

◆◇◆◇◆

二十万の群衆があまりの眩《まばゆ》さに目を閉じる。

そして数秒後、ゆっくりと眼を開くと——

景色が変わっていた。

「なんだここ？」

「平野？　なにもないぞ？」

そこはドラッヘンの城壁の前ではなく、ただただ緑の芝が広がる何もない平野。

彼らは皇帝の魔法によって転移させられたのだ。

突然そんな場所に投げ出された、不安げに辺りを見回す。

そのときだ。


「フゥーハッハッハ！　よく来たな帝国の臣民たちよッ!!」

どこからともなく大仰《おおぎょう》な笑い声が響き、
直後、平野のあちこちから爆発《ばくはつ》が生じ、カラフルな煙が噴《ふ》き出す。

「キャアアアッ！」

「な、なんだァ!?」

「煙!?　爆弾か!?　前が見えない！」

色とりどりの煙に巻かれ群衆は混乱。悲鳴があがる。

だがそこはふきっさらしの平野。

煙はすぐに風にさらわれ視界が戻る。

しかし、視界が戻った瞬間、どよめきはより大きなものになった。

なぜなら、先ほどまで何もなかった平野に、巨大な、そして多様な文化の入り混じった構造物の立ち並ぶ都市が出現していたからだ。

「「「え、ええぇぇぇええええーーーーーーーーっ⁉⁉」」」

「ようこそ！　人類の文明と進歩の祭典、第一回万国博覧会へ！」

「おい！　誰か飛んでるぞ！」

「魔法使いか？」

「いや違う！　《七光聖教》の神アカツキだ！」

その名を呼ぶ声に、現れた都市の上に浮遊《ふゆう》するシルクハットの怪人が高らかに笑う。

「そのとおり！　我は《七光聖教》の神！　そして個々人《ここじん》の価値観をゆがめ、世界という枠にはめようとする愚かなる王、リンドヴルムの手からお前たちを救うために開かれる万国博覧会の主幹事であーる！」

「オレたちを、救うだって？」

「余計なお世話だ！」

「そうよ！　アタシたちはもうリンドヴルム陛下のおかげで『欲』に振り回される人生から解放されたんだから、救ってもらう必要なんてないわ！」

リンドヴルムへの敵意を含めた言葉に民衆がざわめく。

しかし彼らの反感の声は従来の価値観をゆがめられたからこそのもの。

相手にする必要はない。

暁《あかつき》は事前の取り決め通りそれらの一切《いっさい》を無視し、

「大まかなことはすでにリンドヴルムから聞いているかもしれないが、今日はお前たちに世界の未来を選択する場を用意した！　さあ刮目《かつもく》せよ！」

パチンと指を鳴らす。

その瞬間、二十万の民衆が見上げる暁の背後の空に、映像が浮かび上がった。

クマウサによる空間投射映像だ。

「なにこれっ、空に絵が……！」

「これも魔法か⁉」

それは事前に撮影した万博会場のPVだ。

そのPVで真っ先にクローズアップされるのは、陽光を受け氷のように煌《きら》めく、光の城。

「まず初めに紹介するのは《アジュール王国》のパビリオンだ」

「え⁉　透明な、城⁉」

「なんだこれは！」

帝国の民衆は得体のしれない光景にどよめく。だが、

「……これ、もしかしてガラスか？　ガラスで建物を作っているのか⁉」

二十万人もの人間の中には、かつて技術職に就《つ》いていたものもいる。

その者は光の反射からその建造物がもしやガラスを建材に作られているのではないかと思い至る。

それを暁は肯定した。

「その通り！　アジュールパビリオンは壁も床も屋根も、すべてがアジュールが誇るガラス工芸技術の粋《すい》を結集して作られた水晶宮だ！

アジュールは未来を展示するこの祭典に、『美しさ』というアプローチで臨《のぞ》んだ！　自国が誇る工芸技術で、より『美しい』未来を創ると！

その気概《きがい》を示すために、水晶宮の中にはアジュール秘蔵のガラス工芸品や宝飾品が展示されている。人の手でしか作りえない美しさへの挑戦の軌跡《きせき》。それは皆の目を喜ばしてくれることだろう！」

次いで暁は再び指を鳴らす。

するとそれを合図にクマウサが投影する映像を切り替えた。

今度は先ほどのような絢爛《けんらん》な建造物ではなく、飾り気のない裸の平野の上に大勢の人々が絨毯《じゅうたん》を敷いたり、屋台を並べ店を構える雑多な光景だ。

「あ、絵が変わったぞ⁉」

「今度はなんだ？」

「なんか、敷物の上に食べ物やら服やら……これは、市場？」


「次に紹介するのは《ラカン群島連合》のパビリオンだ！　ラカンは大胆に自分のスペースをすべて自国や他国の商人に無償で提供し、巨大なマーケットにしたぞ！

ここにはラカンが目指す未来の形。関税や国家間のしがらみを取り払い貿易を活発化させ、従来のように『戦争』ではなく『経済』で他国の文化を吸収、融合、発展を遂《と》げて多様な未来を作っていきたいというラカンの夢が展示されている。

なおこのマーケットの入り口ではパビリオンの来場者にはラカンから給付金が配られるので使い道は慎重に選ぶことだ！」


画面が再び切り替わる。

次に映ったのは鉛色《なまりいろ》の瓦《かわら》屋根が並ぶ和風の街並み。

その中央にある巨大な武家屋敷――いや、公家《くげ》屋敷のような地球で言う寝殿造《しんでんづく》りの建造物。

「三番目は《ヤマト皇国》のパビリオンだ！　巨大な屋敷のパビリオン内には茶室や道場などが無数に建てられ、ヤマトの文化を体験できるようになっている。ヤマトはこのパビリオンで、学問や武道、芸道を極《きわ》める『教育』によって人を豊かにし、人から未来を豊かにする道を提示している。庭では剣術大会も開かれるので、我こそはという帝国の民はぜひ参戦して見るといい！」

そして最後に画面に映ったのはフレアガルド帝国とほぼ変わらない文化圏の街並み。
フレアガルド帝国から独立したエルム共和国のものだ。

「最後は《エルム共和国》のパビリオンだ！　ここでは我々《七光聖教》が協力し成し遂げた《市民革命》の歴史や、その過程で生まれた技術――アルミニウムや工作機械、通信技術などのカラクリを惜しみなく展示している！
なかでも今回エルムが万博準備期間を限界まで使って行った『ある実験』の成果報告は、お前たちをとても満足させてくれるだろう！」

そうして参加国すべてのパビリオンを紹介した後、暁は改めて帝国の民衆に目をやり、

「……このように、今日この場所には、皇帝リンドヴルムの独裁による『停滞《ていたい》』を望まず、たとえ時として傷つくことになろうとも自らの足で『前進』することを望む者たちが集《つど》い示した未来のすべてがある。

それを不要と断ずるのもお前たちの決断だが、——もし、お前たちの中に今日この場所に展示された未来を見て心動かされる者が居たのなら、各国のパビリオンに併設された入植《にゅうしょく》窓口を訪れるといい！　各国はお前たちの入植を歓迎するだろう！

それでは、これより第一回万国博覧会を開催するッ‼」


大きな声で告げるや、手を振り上げて合図を送る。

それを受け会場正門近くに仕掛けられていた舞台用の花火が爆発。

閃光《せんこう》で群衆の目をくらました刹那《せつな》に、——正門前に《七光聖教》の布教《ふきょう》でも使われていた、バニー衣装に身を包んだ選《え》りすぐりのコンパニオンたちが現れた。

「「「こんにちは！　ようこそいらっしゃいませ！」」」

リルルと忍《しのぶ》を先頭にした見目麗《みめうるわ》しいコンパニオンたちが、にこやかに帝国の民衆を歓迎する。

その華やかで賑《にぎ》やかな様《さま》に、ここ一年、リンドヴルム政権の下、娯楽とは無縁の生活をして

きた民衆は圧倒された。

「な、なんか、すごいな……！」

「あ、ああ。こういう賑やかなの、久しく忘れてたな。昔は帝都も巡業に来たサーカス団とかでパレードをして賑やかなものだったが……」

「ママー！　あの人飛んでるよー！　鳥さんみたいだねー！」

久しぶりにもたらされる贅《ぜい》を尽くした娯楽。

それは強い快楽を帝国の民衆に与えた。

しかし、

「……でもコイツらはリンドヴルム陛下に逆らっている逆賊《ぎゃくぞく》なんだろう」

「そうだ！　こんな奴らの誘いに乗るなんて……」

桂音の手術により変化した幸せの尺度が後ろ髪を引く。

多くの民が会場に立ち入ることにすら抵抗を覚え、その場に立ち止まる。

だが――

「でも、あの水晶宮は見てみたいわ……」

「オレも、……さっきから漂ってくる美味《おい》しそうな匂《にお》いが気になって……」

「そもそも今日ここにオレたちを連れてきたのは陛下なんだから、見るくらいなら怒られないんじゃないか？」

「……確かに、冷やかす程度なら」

「俺《おれ》も、ちょっと見に行ってみようかな……」

「わたしも、わたしも行ってみたいよー！　ママー！」

「そうね。他でもない陛下のお達しですもの」

一度芽生えた好奇心の火は簡単には消えない。

彼らはしばしの逡巡《しゅんじゅん》の後、理由付けを済ませてぞろぞろ会場の門をくぐり、各々興味を引かれたパビリオンに散っていく。

だがこの流れについていかない人間が三人だけ居た。

言わずもがな、神崎桂音と一条葵。そして皇帝リンドヴルムだ。

「三人は中に入らないのかね」

会場前で立ち止まったままの三人に、司が歩み寄る。

その後ろには他の《超人高校生》も揃っていた。

「司殿……。それにみんなも」

「なかなかすごいものだよ。四国の力の入れようは。見て損はしないと思うが」

「下品ですわね」

桂音がバッサリと斬《き》るような口調で言い捨てる。

その普段の彼女からは考えられないとげとげしい態度に、気の弱い林檎《りんご》や暁はビクリと肩を震わせる。

「この世の『欲』という『欲』を集めて、皆さんを篭絡《ろうらく》しようという試みなのでしょう。でも無意味ですわ」

桂音の主張に「然《しか》り」とリンドヴルムが続く。

「民はことあるごとに口にしていた。戦争は嫌だ。暴力は嫌だ。平和に生きたいと。我等は他でもない民が望んだことを叶《かな》えているに過ぎない。それが成った今、元の世界に戻りたいと考える民などいるものか。――すぐに彼らは我の救いを求めて戻ってくるだろう」

「その時は私たちも大人しく貴方に従おう」

司は言う。約束を違《たが》えるつもりはないと。

「……だが、決めるのは貴方の民だ」

それっきり、両陣営は言葉を交わさず、会場を遠巻きに見つめ、決着のときを待つ。

その時間が――桂音にとってはとても長く感じられた。

桂音の脳裏《のうり》に浮かぶのは、『欲』をぶり返した帝国の民衆の顔。

彼らが何故『欲』を再発したのか。桂音には結局その理由がわからなかった。

故に対策ができていない。

今日の表情や態度に余裕がないのはそれが原因である。

もしかしたら今日、同じことが起きてしまうのではないか。それを危惧《きぐ》しているのだ。

そして一時間、二時間、いやもっとの長い沈黙が経《た》ち、桂音の表情に焦燥《しょうそう》が濃くなっていく。

冷やかしなら――そう言って会場に入っていった帝国の民衆二十万。

その誰一人として、会場から戻ってはこなかったからだ。

それればかりか、会場から漏《も》れ聞こえてくる賑やかで楽し気な声はますます大きくなっている。

そして正午の鐘がなってから僅《わず》か数分後。

司の携帯に着信が入る。

「ニオ君か。――ああわかった。ありがとう」

司は着信を受け、短い会話を交わした後、通話を切るとリンドヴルムに問う。

「リンドヴルム皇帝。今日連れてきた民の人数はどれほどか」

「二十万といったところだ。それがなんだ」

なるほど。

そう司は頷いて、言った。

「今、総合入植管理局から連絡があった。現時点で四国の入植窓口に提出された希望書の枚数は十二万枚を突破したと。過半数の帝国人が国替えを希望しているというわけだ。誰も出てこないのも当然だね」

「ッッ――――!!」

その瞬間、桂音が堪《こら》えかねたように会場に向かって走り出した。

◆◇◆◇◆

アジュールのパビリオン――水晶宮。

そこに足を踏み入れた者たちは、皆が宙に浮いているような光景に驚嘆《きょうたん》の声を上げる。

「なんて美しさだ！　天井《てんじょう》も足場も、全部ガラスか！」

「ガラスにここまでの強度を持たせるなんて……！　オレも一年前は帝国でガラス職人をやってたが、考えられない……！　アジュールの技術はここまで進歩していたのか！」

そして人々の目を奪うのは建物だけではない。

水晶宮の中には宝飾とガラス工芸の国アジュールが三〇〇年の歴史の中で生み出してきた芸術品の数々が展示されているからだ。

だがその中で、飛びぬけて衆目《しゅうもく》を集める展示物がある。

それは、この日のためにセルゲイがアジュール国王に無理を言って貸し出してもらった、アジュールの至宝《しほう》。

王と妃が代々受け継ぐ――結婚指輪だった。

帝国の民衆はガラスケースの中に展示されている、巨大なダイヤをあしらった白金のリングを見つめ、感嘆を零《こぼ》す。

「綺麗《きれい》……」

「信じられないくらいデカいダイヤだな。一体何万ゴルドくらいするんだろう」

「不思議。あんなものただの石と銀なのに、どうしてこんなにも目を奪《うば》われるのかしら……」

「フフフ。すごかろう。これはアジュール第三代国王ゲオルゴルが二〇〇年前、アジュールの金鉱山で発見された白金と、世界最大のダイヤをフレアガルドから買い取って作らせたもの。製作費は当時のアジュールの国庫の三倍。向こう一〇〇年借金返済に奔走《ほんそう》することになったほどの代物よ」

アジュールの至宝を前にうっとりと目を細める民衆を見て、パビリオンの責任者であるセルゲイは満足げに髭《ひげ》を弄《もてあそ》びながら彼らに指輪の歴史を補足する。

これに民衆は顔を顰《ひそ》めた。

「国庫の三倍⁉」

「めちゃくちゃね……。そんな王に支配されるなんて、民は迷惑だったでしょう」

「まったくだ。たかがアクセサリーなんかにそんな……」

なんて意味のない浪費かと民衆は呆《あき》れる。

だが、

「それでも、美しかろう」

セルゲイは気付いていた。

彼らが指輪から目を離せなくなっていることに。

「巨大なダイヤは愛の大きさを。どれだけ時を経ても錆《さ》びぬ白金は想《おも》いの不変さを。ゲオルゴル王は自分にできる最大限のやり方で、自分の愛を妃に伝えようとしたのだ。わかるか？　芸術とはすなわち、言葉では言い表せぬほどの感謝や信仰、そして愛をなんとかして伝えたいと願う人間の、この世で人間だけがもつ『愛の言語』なのだ。それを奪い捨てさるなど、暴力以外の何物でもない。平等と平和の完全な世界が聞いてあきれるわ！」

「……！」

そのセルゲイの言葉に、民衆の中の一人の女性が自分の左手薬指に目を落とす。

そこにあったはずの夫からの愛の証《あかし》。

リンドヴルムの宝飾《ほうしょく》禁止令によって奪われ捨てられたリング。

今まで、それを何とも思わなかった。

夫本人と共に、リンドヴルムが約束する平和な毎日を過ごせるなら、それだけで充分だからと。

でも、二〇〇年を超えて受け継がれ続ける愛の形を前に、

「…………あ、れ……」

何もなくなった薬指を見ると、胸の中に刺し込むような悲しみが生まれ、目尻が燃えるように熱くなる。

そして女性の中に一つの疑問が生まれた。

愛を形にすることは、そんなにもいけないことなのだろうか、と。

◆◇◆◇◆

ラカン群島連合のパビリオン——自由市場。

こちらの盛り上がりはアジュールのパビリオンよりもさらに賑やかなものだった。

「この服可愛《かわい》い！　ラカンのドレスなのかしら？」

「真っ黒なのに不思議な光沢のある家具だな。見たことがない」

「おう旦那《だんな》。そりゃ『漆《うるし》』で仕上げた箪笥《たんす》だよ。フレアガルドだと珍しいかもな」

「出来立ての点心だよー！　おいしいよー！」

配給制になってから一年ぶりの買い物にはしゃぐ帝国の民衆の声と、彼らを自分の店に呼び込もうとする商人の声が入り混じる。

中でも一番賑やかなのは市場中央の開けた場所だ。

そこでは、帝国の民衆が地面に穴を掘ったり、それを埋めたり、大きな岩を持ち上げたり、歌を歌ったり踊ったりしている。

「「うおおおおぉぉぉぉおぉぉぉおーーーーーーーっっ!!!!」」

「すげー！　あのビューマ、あんなデカい石を持ち上げたぞ！」

「あれ二〇〇キロくらいあるんじゃないか？」

「お疲れ様です。こちら給金《きゅうきん》になります」

重量上げの仕事を終わらせたビューマの中年に、ラカンの役人が金を手渡す。

彼はお礼を言って受け取ると、自分の家族の下に走っていた。

「お待たせー。さあさっそくあのブタの丸焼きを食べにいくぞ！」

「パパだいすきー！」

「パパカッコイイ‼」

「……もういい歳《とし》なのに無理しないでください」

「ハハッ。このくらい軽い軽い」

男は額の汗を拭《ぬぐ》う妻に強がって見せる。

そう、市場があっても金がなければ買い物はできない。

ここはリンドヴルムによって資材をすべて奪われた無一文の民衆が、仕事をすることで報酬を得られるスペースなのだ。

だがその仕事内容に賢い者は疑問を持ち、パビリオンの責任者であるリー・シェンメイに問いかける。

「なあなあラカンのお偉いさん。こんな石持ち上げたり穴掘ったりして、一体何の意味があるんだ？」

「うん？　それ自体に意味なんてあらへんよ」

「ならどうしてこんなことをやらせているの？」

「そうだよ。意味が無いなら、みんなにお金をくれたらいいじゃんか」

「差別反対！　平等にしてよ！」

その会話にわらわらと遠巻きに他人の仕事を見ているだけだった者が集まってくる。

しかし、

「頑張った人間とそうでない人間とが平等に扱われるほうが不平等やん」

シェンメイはそれを一蹴《いっしゅう》した。

なぜなら――それこそがこのパビリオンでラカンが示す未来の形だからだ。

「頑張れば頑張ったぶんの報いがある。それを信じられるから人生には張り合いがある。好きなことや好きな人のために頑張れる喜び。ウチはそれをこの世の未来から無くしたくないんや。だから――リンドヴルムと戦うねん」

言うと、シェンメイは息を吸い、その場にいる帝国の民衆に呼びかける。

「さあさあ入植してラカンと一緒に戦ってくれるモンには出血大サービス！　今なら入植届けを出すだけで住居と補助金三〇イーラプレゼントや！　早い者勝ちやでー！」

その呼びかけは、入植窓口に長蛇《ちょうだ》の列を作り出した。

◆◇◆◇◆

ヤマト皇国のパビリオン――国立学校。

ヤマトの街並みを再現したパビリオンの中心。そこにある巨大な屋敷の中庭では剣術大会が開かれ、《侍大将《さむらいだいしょう》》シュラと、筋骨隆々《きんこつりゅうりゅう》とした大男、元《白金騎士》ガスコルジュが武を競っていた。

達人二人の極めた技量を尽くした相対は、戦いを野蛮《やばん》として忌《い》み嫌うフレアガルド国民の目すらも釘付《くぎづ》けにして、戦いが白熱するごとに声援も大きくなる。

そんな戦いの傍《かたわ》ら、カグヤ自身の野点《のだて》に招かれたフレアガルド帝国の元学者たちは、

「義務教育、ですと?」

「カグヤ姫は、国費で国民全員に教育を施《ほどこ》すつもりなのですか」

このパビリオンにカグヤが描いた未来の夢を他ならぬカグヤ自身の口から聞いて、茶碗を取りこぼしそうになった。

「いかにも。ヤマトは先のヤマト戦役《せんえき》と一年前の二度の戦争で大きく国力を落とした。もはやこの国には人くらいしか資源が残っていないのでな」

「つまりこの道場や学堂が集うパビリオンは、それそのものが教育機関というわけですか」

「左様じゃ」

「……しかし、私も昔は帝国で政務に携《たずさ》わっておりましたが、……民をいたずらに賢くしてしまうと反乱を招きかねませんぞ？」

カグヤの語る夢に学者は懸念《けねん》を口にする。

だがカグヤはこれに「それでもよいのじゃ」と返す。

どこかつきものが落ちたような顔で、

「わっちは今のヤマトを慕う、今のヤマトでしか生きられぬ者たちのために、皇族として責任を取らねばならないと思うておった。じゃが、……同じようなやり方をするリンドヴルムを外から見て、気付いたのよ。太平を保つために国民全員を阿呆《あほう》にすることの愚かしさに」

確かに賢さは争いを招く。

争いは太平を乱す。

だからヤマトは長く鎖国政策を布き、人民の価値観をコントロールする。

でも太平とは……民の可能性を制限してまで守るべきものか？

その自問に、カグヤは答えを出したのだ。

「わっちは政権を守るために国民全員を阿呆にするより、国家を守るために国民全員を賢くする方法を選びたい。

彼らにはこれから先、すべてのことに疑問を持つようになって欲しいのじゃ。

そうなればたとえ賢《さか》しい狐が大義もないままわっちを滅ぼしても、必ず大義を持つ者がそれを討《う》つために立ち上がる。

その土台を作ること。それがきっと、……千年前にヤマト皇国の『管理』を任されたわっちらヤマトの皇族が最後に果たすべき役目なのじゃ」

そしてカグヤは自分の考えを口にしてから、集めた帝国の知識人たちに頭を下げる。

「その節は主らのような知識人の力をぜひお借りしたい。帝国は学問や武術を禁じておるが、強い者が弱い者を守る。賢い者が未熟な者を導く。そこにどんな悪徳があるのかや」

「「「…………」」」

あろうはずがない。

それは口にすればあまりに当然のことで、帝国の知識人たちはむしろ何故自分たちがこの一年学問を捨てていたのか、理解できなくなった。

◆◇◆◇◆

──桂音は、会場を走り回りながらそれらの光景を目にする。

人々が自分の手術によって取り除かれたはずの『欲』を取り戻す光景を。

(どうして……!)

そしてその困惑は、

「すごーい！　これぜんぶ好きなだけ食べていいの⁉」

「おいしー！」

「ねえママ！　おれ今度はあっちのパンが食べたい！」

「シチューも取り放題なんて、すごいわねぇ」

エルムのパビリオン中央で開かれていた立食《りっしょく》バイキングで、帝国の民衆が『欲』のままに暴食する姿を見て、眩暈《めまい》すら覚える不快感に変わった。

「エルムってのは、こんなに飯が有り余ってるのかい？」

来場者の質問にエルムのパビリオン責任者であるユーノが答える。

「すべては《七光聖教》によってもたらされた、ハーバー・ボッシュ法の力です。

このテクノロジーは何もないところから火薬を生み出す革命の原動力となった奇跡ですが、火薬だけでなく植物を育てる肥料を作り出すこともできるのです。

我々エルム共和国は万博準備期間の一年間を使って、化学肥料と農薬の併用による収穫増がどれだけのモノになるかを実験していました。そしてその結果、それらの併用によって同面積あたりの収穫高は十倍近くまで膨《ふく》れ上がりました」

「じゅ、十倍だってッ⁉」

「もうエルムは飢饉《ききん》とは無縁ってことか……ッ」

「これが、化学肥料の力……」

「もちろんエルムはこの技術を独占しません。これは暁様より人類に与えられし奇跡。すべての国に無償で提供することを約束します。

これにより世界は我々が経験した事のない『飽食』の時代を迎えることになるでしょう。皆がお腹いっぱい食べられるようになれば、それは『モラル』の向上に繋《つな》がります。リンドヴルム皇帝は自分が支配しなければ平和は作れないと言っていますが、『モラル』を育んでいけば、私たちは私たちの力だけで争いを無くすことだってできるはずです！」

「っ……！」

エルムが提示する未来の形。

それに桂音は唇を噛《か》んだ。

ありえない。

エルムの言っていることは絵空事《えそらごと》だ。

確かにハーバー・ボッシュ法登場以降、人類の生産力は飛躍的に上昇した。

しかしそれでも飢饉や、それを理由にした争いはなくならなかった。

なぜか。

どれだけ生産力が増えようと、『欲』に塗《まみ》れた人間たちがそれを必要以上に私掠《しりやく》し、独占し、分け与えなかったからだ。

……結局はそうなるのだ。この世界も。

人間そのものの欠陥、病を治さない限り変わらない。

だから、

「みなさん！　そのような甘言《かんげん》に流されてはいけません！　さあすぐに帝国へ戻りなさい！」

桂音は叫ぶ。

だが、

「ですがケーネ様！　この力があれば今よりたくさんご飯を食べることができるんですよ！」

「料理のレパートリーも増えるわ。帝国でも導入していただけませんか？」

民衆は動こうとしない。

必要以上に盛られた食という喜びを、『欲』のままに貪《むさぼ》る。

治したはずの、取り除いたはずの『欲』に溺《おぼ》れる姿。

《超人医師》神崎桂音にとってそれは、とても受け入れがたい現実だった。

「どうしてそんなに、必要以上のものまで欲しようとするのッッ!!」

「ケーネ様？」

「より良く！　より多く！　より高く！　その果てにあるのは争いだけなのに！　今あるものを分け合えば、それで充分じゃないんですかッッ!!」

そう思えるように手術をしたのに、病が何度も再発する。

自分の技術が及《およ》ばない悪夢。

桂音の声はもう悲鳴に近かった。

そんな彼女に、

「簡単なことだよ」

追いついてきた御子神《みこがみ》司が、言った。

「愛もまた、『欲』だからだよ」

◆◇◆◇◆

「桂音君。君は人の本質を愛と言った。しかし愛もまた『欲』なのだ」

司は言う。

愛する者に喜んでほしい。

愛する者を喜ばせたい。

愛する者を守りたい。

そのために、より良い自分になろうとする。

愛ゆえに人は『欲』する。

この二つはコインの裏と表のように決して切り離すことができないと。

だから、

「桂音君は『欲』を取り去って人が『欲』に振り回されず愛し合える世界を作ると言っていたが、そんなことは初めから不可能なのだ」

なぜなら、愛がある限り『欲』は無限に溢《あふ》れ出してくるのだから。

故に司は言ったのだ。

桂音の企ては必ず失敗すると。

彼は自らの父を通して、人の『欲』の有《あ》り様《よう》に深く触れたから。

「君も本当は、わかっていたんじゃないのかね。自分の理想が矛盾しているということが」

「っ……！」

桂音は医者だ。

人の心の在り方については人一倍詳しい。

そんな桂音が愛と欲を切り離して考えるのはいささか無理がある解釈だ。

この司の指摘は、——桂音の欺瞞《ぎまん》を深く刺すものだった。

そうだ。

彼女は心のどこかでは気付いていた。

自分の抱える矛盾に。

しかし、

「そんなこと、ありませんわ……！」

青白い顔で桂音は否定する。

気付きながらも認めない。

「皆さんが『欲』を再発したのは、わたくしの技術が未熟だったから……！　『欲』は治せる！　必ず！　だって――ッ」

人の愛が欲を生み、欲が戦争を生み、
その結果があの地獄なのだとしたら――

「そんなの、あまりに救いがないではありませんかッッ!!」


桂音は、すがるしかなかったのだ。

『欲』は取り除けるものだと。

その希望を持たなければ、そこにゴールがあると信じなければ、自分が一人助ける間に十人が殺される世界の虚《むな》しさに心が折れそうだったから。

人間を、人一倍愛するが故に。

しかし――

「そんなことはない。少なくとも私は、人はいつか『欲』を完全に制御できるようになると確信している」

司は桂音の絶望を、真っ向から否定する。

「何故、信じられるのです……！　根拠なんて――」

「根拠ならある」

「!?」

「例えば我々は今こうして多彩な言葉を操《あやつ》り、やれ欲がどうの愛がどうのと問答を続けているわけだが、四足歩行で歩いていた頃の我々の祖先は、そんな我々の姿を想像できただろうか。病気で苦しんでいる人間の腹を裂いて、その命を長らえさせる医術の誕生を予見できただろうか。見上げる遥《はる》か彼方の月の土を踏みしめる時代が来ることを、信じられただろうか」

司は言う。

きっと、そんなことは夢にも思わなかっただろうと。

だがそれらは夢物語なのではなく、数千年という歴史の中で人類が積み上げてきた、確かな『進歩』だ。

ならば――

「人の愛は、欲は、どんな不可能だって可能にしてきた。その強さは時として人に道を誤らせるが、それでも人は正しく優しくあろうとする『欲』をもまた積み重ねてきたのだ。

『人権』という概念の創造。

『道徳』というモラル。

ボタン一つで何億人を殺せる国でもその力を容易には行使できない枠組み。

それらの積み重ねの上に生まれた、必要を超えた富の占有を制御するためにベーシックインカムを導入しようとする私や、人を救いたいと医術を極め、戦地を闊歩《かっぽ》する《超人医師》神崎桂音。君の存在もまたその一つだ」

「――ッ!」

「だから私は信じられる。それはとても遅々《ちち》とした歩みかもしれないが、それでも今は不可能と思える恒久的な平和にだっていつかはたどり着けると。故に、その歩みを、その可能性を! たかだか人間一人の『諦《あきら》め』で摘《つ》みとらせるわけにはいかないのだ!」

そう断言し、射貫くような視線で司は問う。

「今一度考えてみてほしい。桂音君。君が欲したのは、どんな世界か。君が守りたいと思ったのは、どんな人々だったのかを」

「わたくしは、それでも、わたくしは……ッ!」

迫る司に桂音はたじろぎ、目を泳がせる。

自分が望んだものは、人々が永遠に幸せに暮らせる完全な世界だ。

家を奪われ、国を追われ、命までも搾取される。そんな人々が存在する世界を、そんな世界を作ってしまう人々を何とかして救いたかった。治したかった。

だけど、
そうして治療した帝国の民衆は、髪を剃《そ》られ、財を奪われ、同じ服を着せられて、まるで囚人のようで――

「～～～～っっ！」

その惨《みじ》めな姿を見ると、桂音は二の句を告げなかった。

ガクリとその場に膝《ひざ》から崩れる。

そんな彼女に葵が駆け寄るのを見届けて、

「リンドヴルム皇帝。見ての通りだ」

司は、自分たちと共に桂音に追いかけてきた皇帝リンドヴルムに目を向けた。

「…………」

「人は愛ゆえにより良きを求める。それは世界すらも動かしてきた大きな力だ。決して一か所に留め置けるものではない。君たちは失敗した。私たちの勝ちだ」

これに、リンドヴルムは小さく頷く。

「そうだな……。お前が人の『欲』を過大評価していたのではなく、我が過小評価していたようだ。本当によくわかった。――この世界はやはり、力によって統《す》べなければならないと」

「っ……！」

まさに瞬《またた》きほどの一瞬であった。

何も無い空間から巨大な剣を引き抜ぬいたリンドヴルムが、誰の介入も許さない速度で司を刺し貫《つらぬ》いたのは。

「ツカサ、さん？　あ、ああ、いやぁああ‼‼」

◆◇◆◇◆

「結局のところ、これが正しかったのだな」

そう呟《つぶや》くとリンドヴルムは大剣を振り払う。

その所作にずるりと司の身体が滑り、刃からすっぽ抜けた。

どしゃりと地面に投げ出された司の身体から、夥しい量の血が噴き出し、突然の惨劇に周囲は悲鳴に満ちた。

「いや！　ツカサさん！　いやあああ！」

「あああ！　血が、血がこんなに……っ！」

とっさに駆け寄ったリルルと林檎が顔を真《ま》っ青《さお》にしながら、彼に取りすがる。

そんな二人を守るよう、勝人《まさと》と忍が前に出て臨戦態勢をとった。

「テメェ……！　取り決めを反故《ほご》にするつもりかよ！」

「我は《超人王》リンドヴルム。我の決定こそがこの世のすべてだ。それを咎《とが》める資格を持つ者などこの世に存在しない」

勝人の抗議にリンドヴルムは悪びれもなく返す。

「ケイネの提案、それで世界が安定し、なおかつ民が幸福を感じられるようになるというのなら、それもまた良しと試しては見たが……結果はこのザマ。やはり支配とは、圧倒的な武力によってのみなされるものなのだ」

結論は出た。リンドヴルムはそう呟《つぶや》くと、血まみれの大剣を振り上げる。

「『欲』の根幹《こんかん》が愛だというならば、それを取り上げればすべて済む話。扱いきれぬ感情など、お前たちには過ぎたるものなのだから。

その上で我が一人一人を鎖で繋ぎ、家畜のようにあらゆる生命活動を管理してやろう。その日を生きる限りの糧《かて》のみを与え、永遠にお前たちが『欲』を覚えないように。それだけが他ならぬ民が王たる我に望んだ、永遠の平和を可能にする方法なのだから。故に、その世界に不要な価値観をもたらすお前たち異世界の人間は必要ない。我の世界はお前たちの存在を、――許さぬ」

ぞわりと、リンドヴルムの全身から《超人高校生》たちに対する敵意が放たれる。

「――――」

リンドヴルムの暴力により場の趨勢《すうせい》は逆転した。

彼の言う通り、人から愛を取り上げれば、『欲』を根絶やしにすることはできるだろう。

暴力によって箱に閉じ込められ、ただその日の糧を消費し排泄《はいせつ》するだけの肉になれば、争いの起きようもないのだから。

しかし――

君が欲したのは、どんな世界か。

君が守りたいと思ったのは、どんな人々だったのか。

「ッ……！」

桂音自身、自分の矛盾には気付いていた。

愛ある限り『欲』は消えないということに。

気付いていても気付かないふりをしたのは、気付かないふりをして根本原因である愛を取り除かなかったのは、そこに――願いがあったからだ。

そうだ。

自分が愛したのは、

自分が守りたかったのは、
爆風や瓦礫《がれき》から身を挺《てい》して我が子を守ろうとする母親。

血を流しながら自分よりも妻を助けてくれと懇願《こんがん》する夫。

死んでしまった親に代わり、自分よりも幼い家族を守ろうとする子供たち。

そんな、――どれほどの試練を前にしても愛を決して捨てなかった、そんな人々だ。

そんな人々の、愛こそを彼女は守りたかった。

それを思い出した刹那《せつな》――

「～～～～～～ッッ!!!!」

桂音は駆け出した。

真っすぐに、倒れた司に向かって。

「ケーネさん!?」

「どきなさい！　手遅れになりますよッ!!」

そして昏倒《こんとう》する司に取りすがる林檎とリルルを怒鳴《どな》りつけ、場所を譲《ゆず》らせると、

「フゥウウ――――ッッ!!」

息を肺いっぱいに吸い込み、外傷治療に必要な医療器具を宙に投げる。

その執刀《しっとう》速度で他を置き去りにしてしまう《超人医師》神崎桂音が、自分一人で術式《じゅつしき》を完結するために編み出した独特なスタイル。

彼女は医療器具をジャグリングしながら持ち替え、目にも止まらぬ速さで施術《せじゅつ》を行う。

「患部消毒完了」

正直、司のように未来を信じる気にはなれない。

そもそも仮に人が『欲』を完全に御《ぎょ》しきれるようになるとして、それは一体何百年、何千年かかるのだ。

想像もつかない。

長すぎる時間だ。

この世には今理不尽《りふじん》に泣いている人々が沢山いるというのに。

しかし――

「臓器修復完了――」

司はそれを切り捨てているわけではない。

桂音はそれを知っている。

自分と葵は日本人だ。

二人の国の枠組みにとらわれない国外活動は、現地の人々には称賛《しょうさん》されるが、紛争を政治の道具に使っている政治家にとっては目障《めざわ》りでしかない。

当然日本政府は多くの非難を受けている。一年前、葵が都市部への無差別爆撃《ばくげき》を企《くわだ》てた同盟国軍基地の航空戦力を先制で潰《つぶ》した時は、大きな騒ぎになったものだ。

このときは普段好意的な世論さえも、国家同士の関係をないがしろにする自分たちを非難した。

他所《よそ》の棄民《きみん》より自国のことを考えろと。

でも司はこの異世界で共に過ごす間も、二人に活動の自重《じちょう》を促《うなが》すようなことは言わなかった。

「外傷縫合《ほうごう》完了――」

彼は理解しているのだ。

現場にいる者でしか救えない命や、尊厳《そんげん》があることを。

だから戦っている。

非難の矢面《やおもて》に立ちこれを受け流す。自分の難しい立場でできることをできる限り。

たぶんそんな政治家は彼以外にいないだろう。

ああそうだ。だから、自分の夢が断たれた今だからこそ、

(彼を今ここで死なせるわけにはいかない……！)

「強心剤投与。これより心肺蘇生《そせい》開始」

桂音の医術により、まるでビデオを巻き戻すような速度で司の傷が塞《ふさ》がっていく。

この桂音の選択に、

「それがお前の選択か。――残念だ」

リンドヴルムは落胆《らくたん》を示した。

司の血に濡《ぬ》れた刃を、今度は桂音目がけて振り下ろす。

だが、その刃は桂音に届かなかった。

すんでのところで葵が割り込み、受け止めたからだ。

「ッ、ぅ!!」

受けた葵の足元、馬車のために舗装された道路が砕《くだ》ける。

《邪悪な竜》を取り込みもはや普通の人間では無くなったリンドヴルムの膂力《りょりょく》は、ヤマトの城門すら一人でこじ開けた葵を以てしても受け止めるだけで精いっぱいで、

「どけ」

「がうっ⁉」

身動きを止められた横っ腹を蹴《け》り飛ばされた。

もはやこの男の暴力は、何を持ってしても止まらない。

彼ならば全人類をブロイラーのように管理することも容易だろう。

しかし、
次の瞬間、そんなすべてを押し通す暴力を持った男の歩みが止まった。

止められた。

「なんの真似《まね》だ」

「「っっ～～～～!!」」

リンドヴルムの行く道を遮《さえぎ》るよう大挙して立ちはだかった、帝国の民衆によって。

「退《しりぞ》け」

王の言霊《ことだま》は埒外《らちがい》の威圧《いあつ》を以て、命令に従うことを魂に強要する。

しかし、彼らは顔色を真っ青にしながらも、踏みとどまる。

そして、

「い、いやですッ‼」

叫んだ。はっきりと、反逆の言葉を。

「オレたちは選んだんだ！　自分の足で歩いていくって！」

「だったら戦わなきゃだろ！　アンタの狭い檻《おり》に閉じ込められて一生を過ごすなんて御免だ！」

「アンタはもう、俺たちの王様じゃない‼」

今までのやり取りを見れば、彼らにも理解できる。

自分たちの未来を閉ざそうとしているのが誰なのか。

愛する者のために、その未来のために立ち向かうべきは誰なのか。

万博の中で取り戻した『欲』。

それを満たすごとに感じる愛情。

もう二度と奪わせやしない。

そう。彼らはここに来る前にリンドヴルムに言われた通り、自分の生きるべき未来を選んだのだ。

そんな人々の姿に、

「ハハッ」

リンドヴルムは、おそらくは生まれて初めて、国民の前で表情を綻《ほころ》ばした。

「げほっ！　ごほっ！」

その直後だった。

桂音の処置により一命をとりとめた司が、呼吸を取り戻したのは。

◆◇◆◇◆

「ツカサさん！　よかった……！」

「だい、じょうぶ⁉」

「げほっ！　……ああ、とりあえずは」

彼は肺の溜《た》まった血を吐き出すと、周囲を一望。

すぐに状況を理解して苦笑いを浮かべる。

「……まったく、貴方に芝居《しばい》の才能はないな、リンドヴルム。巻き込まれるこっちはたまったものではないぞ……」

「え……？」

「お、芝居……？」

司は頷く。

なぜなら、彼が本当に約束を違《たが》える気なら初撃で自分一人と言わず、この万博会場そのものを氷漬けにしていることだろう。彼はそれができる人間なのだから。

しかし彼はそうせずに、桂音による自分の蘇生《そせい》すら許した。

その時点で本気ではないことがわかる。

いや――

そんな因果関係以前に、本気で人間をブロイラーのように管理して良しとするような男が、民のために立志《りっし》し、王族という立場でありながら自ら最前線を駆《か》け、命を失う危険すらも犯してまで《邪悪な竜》の力を得ようとすることなどあるはずがない。

彼もまた桂音と同じ、人を愛する者。

その確信が司にはあり、そしてそれは正しかった。

「……納得は、できたかね？」

「民に見限られては、もはや『王』を名乗るわけにもいくまい」

問われたリンドヴルムは、剣を地面に突き刺し、手放す。

そのうえで、

「我は失敗した。お前たちはお前たちの選んだ未来を生きるがいい」


今度こそ自らの失敗を認めた。

王として引き下がらざるを得ない、これ以上ない理由を得て。

この瞬間、皇帝リンドヴルムの目指した世界は潰《つい》えたのだ。

帝国の民衆は、奪われた当たり前の生活が帰ってくることに、歓喜と安堵《あんど》の声を上げる。

その耳が痛くなるような歓声の中、司は桂音に向かって礼を言った。

「桂音君。……ありがとう。命拾《いのちびろ》いした」

「っ！」

司の礼に桂音は痛みをこらえるような表情になり、司の傍《そば》から離れる。

そんな彼女の背に、

「お疲れ様でござる」

皇帝に蹴り飛ばされ砂ぼこりまみれになった葵が話しかけた。

「……葵さん」

「桂音殿が思いとどまってくれて、良かったでござるよ」

「その口ぶりだと、葵さんは気付いていましたのね。わたくしの夢が、絵空事だと」

「………」

葵は小さく頷く。

桂音も、それを責めはしない。

仮に彼女に指摘されたところで、あの時の自分が止まるとは思えなかったから。

そうだ。止まらなかった。

『欲』は治療できる。

あの残酷な戦場で何も守れなかった自分は、それだけを希望に医者を続けてきたのだから。

でも――その希望も断たれた。

「司さんの言っていることは、確かに正しいのかもしれません。確かに人はいつか、『欲』を克服できるのかもしれない。でも……それは何百、何千年先の話です。そんな気の長い希望を頼りに戦い続けるには、わたくしは疲れすぎてしまいましたわ」

代わりに縋《すが》るにはあまりに遠すぎる希望だ。

自分には……司のような強さはない。

もう、あの場所には戻りたくなかった。

桂音は白衣の裾《すそ》からメスを手に滑らせる。

そしてその切っ先《きっさき》を、僅かな迷いもなく自分の喉《のど》に突き立てた。

ずぶりと人の肉を切るための刃が鮮血《せんけつ》に濡れる。

しかし、
その血は桂音のものではなかった。

メスが食い込んだのは、後ろから回された葵の腕だったからだ。

「……わたくしは医者でありながら、独《ひと》りよがりな考えでリルさんの命を奪い、皆さんの心を弄《もてあそ》びました。だからせめて命でけじめをと思ったのですけれど」

「桂音殿が命を断ったところで、人類は失うばかりで何も得られぬ。償《つぐな》いとは、損なった分を返してこそ果たせるものでござろう」

葵はそう言うと、桂音を庇《かば》った腕で彼女の身体を背中から抱きしめた。

「拙者たちは少し拙速《せっそく》に過ぎた。ここからまた一つ一つやっていくでござるよ。拙者もお供します故……」

「…………っ、ぅ、……ッ！」

葵の腕の中で身を震わせる桂音。

それを遠目に見つめ、勝人は司に問う。

「……放っておいて大丈夫なのか」

これに司はリルルと林檎に肩を借り、立ち上がって頷いた。

「桂音君のことは、葵君に任せてある。大丈夫さ」

桂音と同じ光景を見てきたのは、葵ただ一人だ。

その苦しみを本当の意味で理解できるのも、やはり彼女しかいないだろう。

今自分がするべきことは、他にある。

司はリンドヴルムに向かって言った。

「ではもう一つの約束も果たしてもらおうか。皇帝リンドヴルム」

これにリンドヴルムも頷く。

「わかっている」

「みっちゃん、もう一つの約束って？」

「ああそれは――」

エルムに戻る前。

リンドヴルムの唱《とな》える完全な世界を打ち砕いたら、これ以上の侵略をやめる。

帝国を発《た》つときにリンドヴルムと取り決めたそれ以外の、もう一つの約束事。

その内容はリンドヴルムの口から告げられた。

「約束通り、お前たち全員を元居た世界に送り帰してやろう」

後日譚

SEQUEL

そして、道は続く

第一回万国博覧会は大好評のうちに幕を閉じた。

帝国民への優先開放期間が終わった後は、万博会場設営に合わせ《七光聖教》が大陸中に設置した鉄道網を使い、世界各国の人々が詰めかけ、会場は連日沸《わ》きに沸いた。

それに伴い帝国以外の国からも、国替えを希望する者が大勢出た。

万博会場で見つけた、自らが欲しいと願ったものを手に入れるために。

インターネットのないこの世界で、遠方の国々の価値観や文化に触れられる万博は、この世界の人々にとって生き方を変えてしまうほどにセンセーショナルなものだったのだ。

そして、そんな人々の『欲』の力を目にし、自身の敗北を認めたリンドヴルムは、事前の取り決めに素直に従いあらゆる侵略行動を中止。経済や学問、制限されていたあらゆる自由を、自らの独裁政権下で元通りに復活させた。

また併合《へいごう》した新大陸は、リンドヴルム自らが最終決定権を持つ形で解凍した豪族たちに返還。

フレアガルド帝国の自治領として独自の気風を残せるよう配慮された。
もちろんそのすべての行程がつつがなく進行したわけではない。桂音《けいね》の手が回りきらずにいた新大陸において、帝国に対する憎悪《ぞうお》は大変強いものだったからだ。
しかしその憎悪の矢面に立ち、凛《りん》とすべてを受け止めるリンドヴルムの姿勢と、仲立ちとして立った《超人高校生》たちの手伝いもあって、これらはひと冬の間にある程度解決した。
そして雪が解け、
草木が目を覚ます春が訪れ、
その日が来た。
別れの日。――《超人高校生》たちが地球に戻る日が。

◆◇◆◇◆

「それでは、行き倒れたちの輝かしい凱旋《がいせん》にカンパーイ！」

「「「カンパーイ!!」」」

地球に戻るためのゲートを開く場所。

その場所は七人の満場一致でエルム村に決まった。

七人にとっての始まりの場所。

そして一番世話になった恩人たちが居る場所である。

その日、エルムでは日も高いうちから盛大な送別会が開かれていた。

「やっぱうめーなぁツカサの作るマヨは！　仕事が丁寧《ていねい》なのかねぇ！」

「棒鱈《ぼうだら》につけて食べるとまたうめーんだよなぁ」

「アジュールの火酒もうめー！　鉄道が敷かれたおかげで、いろんなものが買えるようになってホント便利になったよなぁ」

「よっ！　マヨ大臣！」

「お褒《ほ》めに与《あずか》り光栄至極《しごく》」

酔っぱらった村人たちに冗談めかしたお辞儀《じぎ》を返す司《つかさ》。

豪華なごちそうの並ぶテーブルには、マヨネーズの小皿が置かれている。

村人たってのリクエストで司が村の子供たちと一緒に作ったものだ。

それを口に運びながら、忍《しのぶ》は感慨深く呟《つぶや》いた。

「エルムで食べるマヨネーズも懐かしいねー。そういえばアタシたちが一番最初にこっちで作った地球の文明はマヨネーズだったっけ」

「流行《はや》りすぎて一時はもう勘弁してくれって思ったもんだけどな」

「まああれから二年も経《た》ってるわけだしね。…………あれ？」

ふと、暁《あかつき》の表情が凍り付く。

「どうしたプリンス？　そんな真《ま》っ青《さお》な顔して」

「いや、なんか忙しくてあんまり考える余裕がなかったんだけどさ、ボクたち、この世界にきて二年がたったわけじゃん？」

「だな」

「高校って一学年で二回留年ってできたっけ？」

「「あ…………」」

瞬間、皆も暁と同じ気付きを得て苦笑いを浮かべた。

「ふつーに退学だな」

「《超人高校生》揃《そろ》って退学！　一発目のスクープはこれだね。にゃはは」

「いや笑いごとじゃなくない!?　どうしよう母さんに怒られるよー!!」

「まあそこは総理大臣様が何とかしてくれるんじゃねえの」

「……状況が状況だから善処《ぜんしょ》はするが期待はしないでくれ」

「そんなーっ」

そこをなんとかしてよーと司に取りすがる暁。

そんな二人の様子を見ていた林檎《りんご》が、あることに気付く。

「あれ？　司、さん。背、伸びた？」

『クマ。クマウサ機械だからすぐわかるクマけど、ツカサくんは二年前と比べて八センチほど背が高くなってるクマ』

「おー。言われて見れば確かに、目線がオレと前より近いな」

「何しろここに来て二年だからね。大なり小なり体つきも変わるだろう」

「ルー殿も初めて逢った時と比べてずいぶんと大きくなったでござるよ」

葵《あおい》がチラリと勝人《まさと》の横で、たっぷりのマヨネーズを付けたソーセージを頬張《ほおば》るルーに目を向ける。

伸び盛りなだけあって、ルーの身長はこの二年でずいぶんと高くなった。

このペースなら程なく小柄な林檎を追い抜くだろう。

そんなルーを見て暁がはっと目を見開く。

「ってことはボクも結構身長伸びてるんじゃゃ……」

『アカツキくんは全然変わらないクマ』

「なんでだよ！」

『というかリンゴちゃんのほうは伸びるから、今みんなの中で一番小さいクマ』

「なんでッッ!?」

現実の非情さに咽《むせ》び泣く暁。

そんな《超人高校生》たちの団欒《だんらん》を少し離れたところから見ている者がいる。

《超人医師》神崎《かんざき》桂音だ。

「ケーネ。アンタは向こうには混ざらないのかい?」

「ウィノナさん……まあ、そういう立場でもありませんし」

気遣って近づいてきたウィノナに桂音は自嘲《じちょう》を交えながら返す。

「話は聞いたよ。ウチのリルルを殺したって」

「………」

「リルルはアタシの娘も同じ。奇跡が起きて生き返ったからよかったけど、アタシはケーネをまだ許してない。わかるね?」

「当然だと思いま――」

言葉は衝撃に遮《さえぎ》られた。

ウィノナの平手が桂音の頬《ほお》を打ったのだ。

それもかなり強い力で。

しゃべっている途中で叩《たた》かれ、桂音は口の中を自分の歯で切ってしまう。

口の端から一筋、血が零れた。

「………」

この一撃に桂音はとても驚いた。

そして驚くと同時に気付く。

自分が、その痛みを欲していたことに。

「少しは気が晴れたかい？」

「……！」

「ケーネもしっかりしてるようでまだまだ子供だねぇ。ウチのエルクと同じでさ。……皆が怒ってくれないから、区切りがつかなかったんだろう。どうだい？　一発ぶん殴られて気持ちの整理はできそうかい？」

なにもかも見透《みす》かされていた。

他人から区切りをもらえないと気持ちの整理がつけられない。そんな自分でも気付いていなかった幼さまで。

そのうえでそれを満たされたとなれば、もう拗《す》ねているわけにもいかなかった。

「……ええ。そうですね。少し楽になりました」

桂音は顔を上げ礼を言う。

「なら結構。ウチの親父みたいに、そっちの世界にもケーネにしか救えない命がたくさんあるんだろう？　だったらいつまでも下を向いてちゃいけないよ」

そして、テーブルの料理が半分ほどなくなった辺りで、送別会会場であるエルム村に一人の偉丈夫《いじょうふ》が姿を見せる。

フレアガルドの皇帝リンドヴルムだ。

彼は顔を見せるや、《超人高校生》たちに向かって、言った。

「ゲートの準備が出来たぞ。そろそろ準備をしろ」

◆◇◆◇◆

「みなさん！　こちらです！」

「所長！　はやくはやくー！」

ニオ・ハーヴェイとクランベリー・ディーヴァの留学生コンビが手招きする。

リンドヴルムが《邪悪な竜》から吸収した知識で用意した時空転移ゲートは、《超人高校生》たちがこの世界に来た時に墜落した現場を見下ろす丘の上に用意されていた。

月光のように優しい光を放つ世界に空いた穴。

それがゲートだ。

「ここが、日本に繋《つな》がっているのだね」

ついに眼前《がんぜん》で形となった地球への道。

七人の誰《だれ》もが感慨《かんがい》深げにそれを見つめる。

「……確かアタシたちがこっちに来る前はリンゴちゃんの飛行機で海の上を飛んでたんだよね」

「ああ。通ったらいきなりマリアナ海溝《かいこう》の底とかは勘弁してくれよ」

「や、やめてよ勝人。ただでさえ来るときひどい目にあってるのに……っ」

「大丈夫だ」

墜落事故を思い出し青ざめる暁。

だがその懸念《けねん》にリンドヴルムは、

「ツカサの血でお前たちの生まれた国に座標を固定している。人がいる街であることも我々が先に潜《くぐ》って確認済みだ。あんな石だらけの世界とは思わなかったぞ。もぐもぐ」

断言すると、突然何かを食べ始める。

丸くて、湯気立つ、小さな食べ物。

それに《超人高校生》たちは目を見開く。

「ちょ、オイオイそれもしかして、——たこ焼き！　しかも『銀タコ』か⁉」

「名前はわからないですけど、なにか確認できるものを持って帰ろうと陛下と話し合っていたら、とてもいい匂《にお》いがしてきたので買ってきたんです」

「そっちの貨幣価値はわからんが金貨なら不足あるまい。……うん。実に美味《うま》い」

「この独特の弾力がたまらないですわぁ～！　ハフハフッ」

先んじてゲートの先に行ってきたらしい三人の話。

そして三人が手にしている東京《とうきょう》の食べ物に、《超人高校生》たちも確信を得た。

「じゃあこの光の先は本当に東京に繋《つな》がってるんだ……。っっ～～～～！」

暁は湧《わ》き上がる喜びに身震《みぶる》いし、皆を急《せ》かす。

「司！　早く！　早く行こうよッ!!」

「おいおい落ち着けってプリンス」

「だってさ……！」

辛抱たまらないと言った様子の暁。

その姿に、

「……なら、いよいよお別れだね」

ウィノナがエルムを代表して、一同の前に歩み出た。

彼女は一同を愛おしそうに見渡して、改めて礼を言う。

「ツカサ、マサト、アカツキ、リンゴ、アオイ、ケーネ、シノブ。領主に逆らったあの日からアンタたちにはたくさん世話になったね。アタシらがもうちょっと賢かったら、アンタたちの手をここまで煩《わずら》わせることもなかったんだけどさ」

「水臭いこと言わないでくださいよウィノナさん」

「そーそー。そのおかげでアタシたちはユグドラさんに逢えたんだから。情けは人の為ならず、ってやつだよ」

「それでも。ありがとう。バカなアタシらが人として生きられる世界を作ってくれて」

それから《超人高校生》たちと共に地球へ向かう娘に目を向け、言った。

「リルルも、体には気を付けなよ。慣れない土地が辛《つら》くなったら、いつでも帰ってきていいんだからね。別に、二度と戻ってこられなくなるわけじゃないんだろう？」

そう。別にこれは今生《こんじょう》の別れ、というわけではない。

そもそもリンドヴルムがゲートを作れる以上、地球とこの世界は地続きも同じ。

加えて《超人高校生》たちも魔法という新たな技術体系を不思議な力で終わらせるつもりはない。すでに林檎は時空間航行を科学の力で可能にするため、クマウサをこちら側に残し、地球と異世界、二つの基点から時空間座標をマッピングしていく準備を始めている。

その研究が上手《うま》く行き、かつ今回帰還に同行するリンドヴルムとの外交が上手く進み、日本とフレアガルドの間に国交が結ばれれば、大勢の人や物資が往来することになるだろう。

とはいえそれでも心配なのが親心というもの。

だから、

「私は大丈夫です。ウィノナさん、言っていたじゃないですか。大事なのは覚悟だって」

リルルはウィノナの親心に、確かな成長を見せて返した。

「……流石《さすが》アタシの自慢の娘だよ」

しばしの別れを前に抱擁《ほうよう》を交わす二人。

「クマウサ。後のことはよろしくね」

『お任せクマ！　魔法も科学というのなら、ボクとリンゴちゃんにできないことはないクマ！時空間座標システムの開発と通信技術の確立、三年あれば充分クマ！』

「三年は、ちょっとかかりすぎ。一年でやるよ」

「所長流石ですの！」

そして、別れを交わす声がひと段落つくのを見計らって、司は口を開いた。

「では、行こうか」

これに皆も頷《うなず》いて、村人たちから視線を切り、ゲートに向き直る。

そしてそこに向かって歩き出した。

ゲートは墜落現場の崖っぷちに開かれている。

まさか転落したりはしないだろうか。

僅《わず》かな不安を感じながらも、先頭に立つ司が光の中に踏み出す。

もちろん虚空《こくう》に投げ出されるようなことにはならない。

道は光の中に続いていた。

真っすぐ伸びる光のトンネルだ。

司に続き他の六人や、外交のため今回の帰還に同行するリンドヴルムとニオ、林檎のラボにスカウトされたクランベリー、勝人についていくルーもそのトンネルを進む。

そして十数メートルほど進んだ、そのときだ。

「……！」

地球出身の七人全員が同時に気付いた。

光のトンネルの奥から、慣れ親しんだ匂いが香ってくるのを。

それは異世界の澄んだ空気から比べれば悪臭に近いのかもしれないが、皆の胸を強く打つ。

「わかるものなんだね。故郷の空気の匂いというものは」

「ッッ～!!　母さん！　父さん!!」

「うおっ、プリンス！　速ェッ！　ちっさせるか！　何事も一番はオレのためにある！」

「にゃは！　忍ちゃんも負けないぞ！」

「桂音殿。もう大丈夫でござるか？」

「ええ。おかげさまで。これからもよろしくお願いしますわ。葵さん」

「所長！　ボク様たちも急ぐのですよ!!　早く所長の宇宙船を見せてほしいのです！」

「わわっ。ひ、ひっぱらないで、クランベリー」

「往《ゆ》くぞニオ。お前の貴族主義にも民主主義にも、そして独裁主義にも染まり切っていない自由な視点は我にはないものだ。日本という国が真に国交を結ぶに能《あた》うか否《いな》か、お前の目を頼りにしているぞ」

「全力を尽くします。皇帝陛下」

出口が近いと知るや、我先にと皆が駆け出し、司を追い越していく。

司だけが一度足を止め、振り返った。

もう遠くなったゲートの入り口。

そこにはいまだこちらに手を振り続けるウィノナたちの姿がある。

「――――」

彼は考える。

自分たちは、うまくやれただろうか。

突然呼び出された異世界で、彼らにとって最善の結果を残すことができただろうかと。

わからない。

いつだって司は自分の行動の結果に悩んでいた。

もっと他にやりようがあったのではないか。

この世界のどこかには絶対唯一の解があり、それを知る者がどこかに居て、もっとうまくやれたのではないか。

取りこぼしたすべてを覚えている彼は――いつも思う。

しかし、

「行きましょう。ツカサさん」

リルルに手を取られ、再び前を向く。

視線の先には共に同じ時代を歩む者たちの背中がある。

隣には自分と同じ道を歩むと言ってくれた少女がいる。

それを見て、司は自分がとても大それた疑問を持っていたことに苦笑した。

……自分一人が時代を作っているつもりか、と。

今ある世界は、彼らの、自分を含む大勢の人々の『欲』が生んだ結果だ。

ならば、たかが人間一人で結果について思い悩むなど、思い上がりも甚《はなは》だしい。

今この一時《いっとき》、考えうる限りの最善を尽くす。

欲するものの為。

求めるものの為。

愛する者の為。

ひと一人にできることなどそれがすべてであり、きっとそれだけが、──誰も飢えず、誰も奪われない、遠き気高き理想に続く星の道なのだから。

で、あるならば──

「ああ、行こう」

結果《かこ》を振り返り、立ち止まるのはもうやめよう。

未来に託《たく》すバトンを少しでも早く、前へと運ぶために。

──日本には、世界に名を轟《とどろ》かせる七人の高校生たちがいる。

紛争地帯で弱き人々のため、刀を振るう侍。

侍と共に傷ついた人々を救う医者。
万人を魅了するマジシャン。
世界の数世紀先を行く頭脳を持つ発明家。
世界の富の三割に関《かか》わる実業家。
史上最年少で驚異的な得票率を背景に政界に君臨する政治家。
忍びの諜報力で世界の不正を暴《あば》くジャーナリスト。
他の追随《ついずい》を許さない卓越した能力を持つこの七人を、人々は《超人高校生》と呼んだ。
これはそんな七人が歩む長い長い星の歴史の一小節。
人の欲がいつかたどり着く理想の世界、その道半ばに綴《つづ》られた物語である。

あとがき

こんにちわ。作者の海空りくです。

『超人高校生たちは異世界でも余裕で生き抜くようです』はこれで完結になります。

文庫十巻に渡る長い旅にお付き合いいただき、ありがとうございました。

ここからは最後のあとがきになります。この作品はなろう発の異世界転生が流行り始めた頃、その流れに沿った、でもちょっと風変わりな作品を書いてみたいと思い誕生した作品でした。

全体のテーマとしては、一芸に秀でた者達がそれぞれの分野で無双し、異世界を変えていく革命モノをやりつつ、地球が辿ってきた歴史や、現代社会が抱える問題について触れていけたらいいなと。
それは概ね出来たので満足です。

でも正直主要人物７人は多すぎたな‼（ぶっちゃけ）

誰が欠けても成立しない物語でしたが、いやはや扱うのが大変でした。

割と曲者ぞろいなので、こういう時彼らならどんな考えを持つのか、別々に考えるのが本当に大変でしたね。忍や暁、林檎はわりとまっとうな人間なのでわかりやすいのですが、他の四人が、ね……。

司が市民革命をあくまでもこの世界の人間達主導にこだわり、その過程の犠牲や混乱をやむなしとしたことや、勝人が有事においても自らの会社の利益を最大化しようと画策したこと。
今回の桂音の暴走や、葵がシシを勝手に見逃した辺りなど、わりとそれぞれの個性が強く出た場面だったなと思います。
コイツらホント団体行動が出来ない人たちですわ！

まあでも大変だった分いろいろ勉強にもなりました。

この作品を始めてからずっと大忙しでしたが、読者の皆さんの応援もあり、漫画にもなり、アニメにもなり、終わってみれば幸せな作品だったなと思います。

最後になりましたがこの作品に関わってくださったすべての皆さんに感謝を。
特にこの素晴らしい後日談画集を描いてくださった絵師のさくらねこ先生！
ゲームのエンディングっぽくしたいという自分のわがままに付き合ってくださりありがとうございました！

ファンレター、作品の
ご感想をお待ちしています

〈あて先〉

〒106－0032
東京都港区六本木2－4－5
SBクリエイティブ（株）
GA文庫編集部 気付

「海空りく先生」係
「さくらねこ先生」係

本書に関するご意見・ご感想は
右のQRコードよりお寄せください。

※アクセスの際や登録時に発生する通信費等はご負担ください。

https://ga.sbcr.jp/